Clássicos Juvenis TRÊS POR TR3S

TRÊS FANTASIAS

Clássicos Juvenis TRÊS POR TRÊS

Atual Editora

TRÊS FANTASIAS

Dom Quixote, Miguel de Cervantes
Alice no País das Maravilhas, Lewis Carroll
Águas claras, Isabel Vieira

SUPLEMENTO DE LEITURA

Três fantasias apresenta três narrativas que se passam em épocas e lugares distintos. Em comum, o clima fantástico que, em diferentes graus, permeia as situações vividas pelas personagens, muitas vezes fazendo a realidade cotidiana ficar de pernas para o ar.
Dom Quixote, de Miguel de Cervantes, um marco da literatura universal, teve sua primeira parte publicada em 1605 e a segunda em 1615. A história satiriza os romances de cavalaria e discute o conflito entre a realidade e o sonho, tendo como cenário a Espanha do século XVII. *Alice no País das Maravilhas*, romance de Lewis Carroll, publicado em 1865, tem como características o sofisticado trabalho com a linguagem e uma trama que explora as aventuras de uma menina em um mundo fantástico, no qual tudo parece ter virado do avesso. Em *Águas claras*, narrativa contemporânea que se passa na região do rio Araguaia, uma viagem de férias é interrompida por um acidente de carro. Ao lançar mão da imaginação, Luiza e Rosa Flor, apesar de machucadas, conseguem esperar o socorro.

POR DENTRO DOS TEXTOS
Enredos

1 Nas três histórias, a fantasia provoca mudanças na vida dos protagonistas. Comente essas transformações em:
a) Dom Quixote.

____

____

____

b) Alice.

____

____

____

c) Luiza e Rosa Flor.

____

____

____

2 Em *Dom Quixote* há muitas referências às novelas de cavalaria. Um exemplo é a seguinte passagem:

De tanto ler esse tipo de história [*novelas de cavalaria*], *o fidalgo começou a perder o juízo. Passava as noites em claro e os dias trancado na biblioteca, vivendo na imaginação as aventuras de seus ídolos.* [...]
Já fraco da razão, o fidalgo resolveu um dia transformar-se em cavaleiro andante e sair pelo mundo para pôr em prática as peripécias que lera nos livros.

Faça uma pesquisa sobre as novelas de cavalaria e prepare um resumo de suas principais características. Discuta com seus colegas por que o autor relaciona a fantasia e a loucura de Dom Quixote à leitura dessas histórias.

____

3 Em grupos, discuta e relacione a trama de *Águas claras* com as palavras do escritor norte-americano Stephen King, citado no prefácio do livro. Depois registre as observações do grupo.

[...] *fico encabulado e soa pomposo, mas continuo vendo as histórias como uma coisa importante, algo que não só realça as vidas, mas na verdade as salva. Nem estou falando metaforicamente. O que é bem escrito, as boas histórias, são o precursor da imaginação e, creio eu, a finalidade da imaginação é nos proporcionar consolo e proteção em situações e passagens da vida que, de outro modo, seriam insuportáveis.*

4 *Alice no País das Maravilhas* e *Dom Quixote* apresentam momentos cômicos. Escolha uma dessas situações de cada história e comente os elementos e recursos utilizados na construção do tom humorístico.

Focos narrativos

5 O narrador é aquele que conta a história a partir de um ponto de vista, revelando o que sabe sobre os fatos que acontecem na narração. Esse ponto de vista também é chamado de foco narrativo. No livro, as três histórias são contadas em terceira pessoa, por alguém que não sabemos quem é.

a) Se você tivesse que escolher uma personagem para ser o narrador de uma das histórias lidas, quem escolheria?

____

b) Escolha um trecho do livro e reescreva-o como se estivesse sendo narrado pela personagem escolhida no item anterior.

____

____

____

____

____

c) Que diferenças você observa no texto, com a mudança de narrador?

____

____

____

Tempos e espaços

6 As histórias de *Três fantasias* acontecem em épocas e lugares distintos. Complete o quadro, indicando o tempo (época) e o espaço de cada uma:

Narrativa	Tempo	Espaço
Dom Quixote		
Alice no País das Maravilhas		
Águas claras		

Personagens

7 Os traços característicos das personagens principais são importantes na composição e no desenvolvimento das tramas. Cite algumas características de:

a) Dom Quixote: ____

____

b) Sancho Pança: ____

____

c) Alice: ____

____

d) Luiza: ____

____

e) Rosa Flor: ____

____

8 Leia abaixo o comentário feito por Sancho Pança ao retornar a sua cidade, após um longo período de viagens com Dom Quixote:

Abre os braços e recebe também teu filho Dom Quixote, que, embora vencido, venceu a si mesmo, que é a maior vitória que alguém pode alcançar!

Converse com seus colegas sobre esse trecho. Você concorda com ele?

____

____

____

LINGUAGENS

9 Leia o diálogo entre Alice e o Grifo, em *Alice no País das Maravilhas*:

– Obrigada – disse Alice. – Aprendi muito sobre as Enchovas.

– Posso ensinar bem mais. Por exemplo: sabe por que elas se chamam Enchovas?

– Nunca pensei nisso. Por quê?

– Por causa de nossas botas e sapatos.

– Como assim? Não estou entendendo...

– Com o que você limpa seus sapatos? – perguntou o Grifo. – Quero dizer: como você os deixa brilhantes?

Alice não tinha a menor ideia de onde ele queria chegar.

– Bem... com uma escova, creio. Os sapatos são escovados.

– Certo! – gritou o Grifo. – Pois no mar nós usamos as enchovas. Nossos sapatos são enchovados...

Nessa passagem, as personagens conversam sobre o significado da palavra "enchova". Estamos diante de um processo chamado *metalinguagem*, que é a utilização da linguagem para falar da própria linguagem. Quando um livro apresenta, por exemplo, a história de alguém que escreve uma história, também explora a função metalinguística. Ela também pode ser observada em outras linguagens, como o cinema, a música, as artes plásticas etc.
Em grupo, procure no livro passagens nas quais podemos observar a metalinguagem. Copie uma delas nas linhas abaixo.

____

____

____

____

____

____

10 Carlos Drummond de Andrade escreveu poemas nos quais se refere a Dom Quixote. Pesquise na biblioteca e leia o primeiro ("I / Soneto da loucura") dos 21 poemas que compõem *Quixote e Sancho, de Portinari*, escritos em sintonia com 21 gravuras de uma série feita pelo pintor Candido Portinari.

a) Em grupo, faça uma leitura do poema de Drummond. Em seguida, realize uma discussão com seus colegas sobre esse trecho.

b) O "Soneto da loucura" estabelece uma espécie de *diálogo* com a obra de Cervantes. A esse tipo de *conversa* entre obras de diferentes autores se dá o nome de *intertextualidade*, que pode ser considerada uma forma de

DOM QUIXOTE
Miguel de Cervantes

ALICE NO PAÍS DAS MARAVILHAS
Lewis Carroll

ÁGUAS CLARAS
Isabel Vieira

COORDENAÇÃO MARCIA KUPSTAS

ILUSTRAÇÕES FABIO P. CORAZZA

1ª edição

Coleção Três por Três

Gerente editorial
Rogério Gastaldo

Editora-assistente
Andreia Pereira

Revisão
Cássia Land / Todotipo Editorial

Pesquisa iconográfica
Cristina Akisino (coord.)

Gerente de arte
Nair de Medeiros Barbosa

Assistente de produção
Grace Alves

Diagramação
Alicia Sei / Todotipo Editorial

Coordenação eletrônica
Silvia Regina E. Almeida

Colaboradores

Projeto gráfico
Aeroestúdio

Capa e ilustrações
Fabio P. Corazza

Coordenação
Marcia Kupstas

Suplemento de leitura e projeto de trabalho interdisciplinar
Silvia Oberg

Preparação de textos
Silvia Oberg / Cristina Yamazaki

Impressão e acabamento
Gráfica Paym

Dados Internacionais de Catalogação na Publicação (CIP)
(Câmara Brasileira do Livro, SP, Brasil)

Três fantasias / ilustrações Fabio P. Corazza. – 1. ed. – São Paulo : Atual, 2010. – (Coleção Três por Três : clássicos juvenis / coordenação Marcia Kupstas)

Conteúdo: Dom Quixote / Miguel de Cervantes – Alice no País das Maravilhas / Lewis Carroll – Águas Claras / Isabel Vieira.

ISBN 978-85-357-1370-1

1. Literatura infantojuvenil I. Cervantes Saavedra, Miguel de, 1547-1616. II. Carroll, Lewis, 1832-1898. III. Vieira, Isabel. IV. Kupstas, Marcia. V. Série.

10-09712 CDD-028.5

Índices para catálogo sistemático:
1. Literatura infantojuvenil 028.5
2. Literatura juvenil 028.5

10ª tiragem, 2022

SARAIVA Educação S.A.
Avenida das Nações Unidas, 7.221 – Pinheiros
CEP 05425-902 – São Paulo – SP
www.coletivoleitor.com.br

Tel.: (0xx11) 4003-3061
atendimento@aticascipione.com.br

CL: 810498
CAE: 576069

SUMÁRIO

Prefácio

DOM QUIXOTE 11

TRÊS FANTASIAS SUPER-REALISTAS

Três autores, três épocas, três lugares... e um tema central, reunindo três narrativas. Quantas semelhanças pode haver entre essas histórias, quantas são suas particularidades...

A literatura apresentou mundos fantásticos ou maravilhosos desde os primeiros tempos em que o homem começou a contar histórias. Animais falantes, monstros terríveis, paraísos ou infernos fazem parte do nosso imaginário. Mas existem histórias fantasiosas que têm um elemento a mais: um contraponto, digamos assim, uma visão crítica e realista que nos incomoda com a ideia de que alguma coisa não é bem como parece...

Dom Quixote, de Miguel de Cervantes, *Alice no País das Maravilhas*, de Lewis Carroll e *Águas claras*, de Isabel Vieira, apresentam esse elemento incômodo, super-real. Não as nomeamos de surrealistas porque muitos críticos reservam o termo para o movimento artístico e literário do Surrealismo, que surgiu nos anos 1920, na França, com André Breton, René Magritte e outros. Seria "forçar a barra" sugerir que Cervantes tinha intenções surrealistas ao registrar as bizarras aventuras de seu Cavaleiro da Triste Figura em 1605, mas sem dúvida há muito de estranhamento no espaço por onde andava Dom Quixote. Assim como a toca do Coelho de Alice também distorce e contorce a realidade como num quadro de Salvador Dalí, mesmo que Lewis Carroll tenha escrito seu livro uns sessenta anos antes de os surrealistas criarem seu movimento estético. Essa sensação se acentua na escolha de Isabel Vieira ao adaptar os clássicos sem infantilizá-los, além de elaborar um texto próprio que também não faz concessões. *Três fantasias* não é um livro para crianças nem para um leitor pouco experiente; oferece, sim, um excelente suporte de conhecimento da obra de Cervantes e de Lewis Carroll.

As personagens Dom Quixote, Alice e Luiza, respectivamente de *Dom Quixote*, *Alice no País das Maravilhas* e *Águas claras* adentram um universo que extrapola a realidade; há o mundo fantasioso e bizarro, mas há também a vontade de contrapor alguma lógica a esse tipo de universo: Alice procura justificar as ações de seus peculiares parceiros de sonho; Dom Quixote vê gigantes nos moinhos de vento e princesas em pobres taberneiras por causa de sua demência; a menina Luiza consola sua prima Rosa Flor com histórias fantásticas porque sua realidade é cruel demais e sem o sonho elas sucumbiriam.

É o sonho que nos fascina em Dom Quixote? Suas ilusões? O mundo de Cervantes seguia a passos rápidos para o mercantilismo e não havia mais espaço para a moral medieval da cavalaria. Um homem velho e imaginativo como o tal Quixote seria motivo de piada ou quando muito de piedade para seus contemporâneos. Mas há muito de sublime e de poético em sua peregrinação louca e no modo como ele convence o camponês Sancho Pança a acompanhá-lo. Com isso, a trajetória do herói transcende a Espanha do início do século XVII para imortalizar duas formas de encarar a vida: perseguir sonhos (mesmo loucos) ou acomodar-se na rotina sem imaginação...

Quem conhece *Alice no País das Maravilhas* apenas por versões infantilizadas e amenas do enredo se surpreenderá com cenas quase sempre suprimidas em outras adaptações, como aquela em que o Coelho Branco e seus amigos planejam atear fogo à casa onde uma Alice gigantesca está entalada, ou o episódio da visita à Duquesa, que embala um nenê-porco e o espanca. Se a menina em certos momentos desconfia que vive um sonho, não se conforma passivamente com o onírico. Questiona, critica, busca lógica na irrealidade e torna tudo muito, muito mais interessante.

E para completar o triângulo de *Três fantasias* há ainda *Águas claras*. Nitidamente inspirado em *Alice* (além de em *A pequena princesa*, da escritora inglesa Frances H. Burnett), o enredo parte de elementos bastante reais e plausíveis para adentrar o fantástico: pai, mãe, filha e sobrinha viajam de carro pelo Araguaia, em Goiás, região que seu Jaime conhecera há vinte anos. A viagem é monótona e as meninas contam histórias uma à outra. De repente e "magicamente" Rosa Flor e Luiza se veem minúsculas, aprisionadas dentro de uma garrafa, à deriva pelo rio. Rosa está com a perna presa na rolha da garrafa, e Luiza tenta animá-la enquanto são ajudadas por um cardume de botos cor-de-rosa e esperam pelo resgate.

Resgate, sim. O leitor logo antecipa que há algo estranho que detona essa "viagem mágica". Mas se ele pressupõe algo como "de repente Luiza e Rosa acordaram" ou "o carro bateu, mas todo mundo ficou bem", vai se frustar em suas expectativas. A grandeza do texto de Isabel Vieira é exatamente inibir essas soluções mais fáceis e apostar na imaginação como fonte salvadora.

Será isso verdade? A fantasia pode nos salvar? Como disse o escritor norte-americano Stephen King, um fecundo contador de histórias: "fico encabulado e soa pomposo, mas continuo vendo as histórias como uma coisa importante, algo que não só realça as vidas, mas na verdade as salva. Nem estou falando metaforicamente. O que é bem escrito, as boas histórias, são o precursor da imaginação, e, creio eu, a finalidade da imaginação é nos proporcionar consolo e proteção em situações e passagens da vida que, de outro modo, seriam insuportáveis".

Três fantasias concretiza essa afirmação: é o registro brilhante de momentos da força criativa de autores dos séculos XVII, XIX e XXI.

Afinal, a proposta inovadora da coleção **Três por Três** consiste na adaptação modernizada de textos antigos, de autores significativos da literatura universal, que dialogam com uma história de escritor brasileiro, também autor das adaptações. E tem como desafio maior seduzir o jovem leitor para que conheça o que já foi feito em outras épocas, sobre temas que, mesmo em nossos dias, continuam relevantes e desafiadores.

Boa leitura!

Marcia Kupstas

DOM QUIXOTE

Miguel de Cervantes

Adaptação de Isabel Vieira

MIGUEL DE CERVANTES.

Espanhol, Miguel de Cervantes Saavedra nasceu em Alcalá de Henares, em 1547 e faleceu em Madri, em 1616. Filho de Rodrigo Cervantes, um modesto cirurgião-barbeiro, teve vida aventurosa e desregrada até a maturidade. Aos 22 anos, após um duelo, fugiu para a Itália. Logo em seguida entrou no Exército; em 1571 perdeu a mão na Batalha de Lepanto. Quatro anos depois foi feito prisioneiro pelos corsários otomanos, permanecendo confinado em Argel até 1580, quando pagaram seu resgate.

Retornou à Espanha e se casou em 1584 com Catalina de Salazar. O casal foi morar com familiares da esposa no povoado de la Mancha. Até essa data publicou poemas dispersos e a partir de 1585 dedicou-se ao teatro. É desse ano também a publicação de A Galateia, *seu primeiro livro de ficção. O livro o tornou conhecido por um seleto público intelectual, mas a popularidade veio mesmo em 1605, com a publicação de sua obra-prima* O engenhoso fidalgo Dom Quixote de la Mancha, *que teve uma continuação dez anos depois.*

Entre as duas partes de Dom Quixote, *Cervantes se revelou um escritor dedicado: publicou* Novelas exemplares *(1613),* Viagem de Parnaso *(1614),* Oito comédias e oito entremezes *(1615), além de textos de viagem. Mas o público ansiava por mais aventuras do Cavaleiro da Triste Figura.*

Em 1614 apareceu uma falsa continuação escrita por Alonso Fernández de Avellaneda, o que levou Cervantes a publicar O engenhoso cavaleiro Dom Quixote de la Mancha, *que, se é um tanto redundante quanto ao enredo, permite avaliar a reação do público.*

Neste volume de **Três por Três** *foi adaptado o romance inteiro, inclusive com o jocoso comentário do próprio Cervantes, que põe dois personagens dizendo: "– Vamos ler a segunda parte do livro Dom Quixote de la Mancha? – propôs um dos homens. – Para quê? Quem leu a primeira parte já sabe de tudo – respondeu o outro, com pouco caso". Esse recurso de metalinguagem é tão moderno como super-real, confundindo ainda mais o que é fantasioso com o que é realista e crítico dos "hábitos" de leitura na época do autor.*

Miguel de Cervantes foi um literato completo, dedicando-se à poesia (escreveu sonetos extraordinariamente elaborados), ao teatro (alguns textos só foram representados e conquistaram o público séculos depois) e à prosa, inaugurando o romance moderno em Dom Quixote, *como sugerem alguns críticos. Sua relevância é tanta que o espanhol frequentemente é chamado de "la lengua de Cervantes".*

PRIMEIRA PARTE

1
NASCE DOM QUIXOTE DE LA MANCHA

NUMA ALDEIA DA MANCHA, província no centro da Espanha, vivia um fidalgo de costumes tradicionais e porte imponente. Sua propriedade, meio decadente, rendia-lhe o suficiente para aparentar certa abastança. Com ele moravam uma empregada que passava dos quarenta anos, uma sobrinha que ainda não chegara aos vinte e um rapazinho que fazia os serviços gerais do campo.

Dom Quixada, ou Quesada, ou Quixano – ninguém sabia ao certo seu sobrenome –, era um homem magro e alto, beirando os cinquenta anos. Era madrugador e gostava de caçar. Mas ficou conhecido por um outro motivo: adorava ler!

Possuía uma imensa biblioteca, que o fazia deixar de lado as caçadas e a administração da fazenda. Sua paixão pelos livros causava espanto nos moradores da aldeia, que não tinham o hábito da leitura. Dizia-se que ele era tão fanático por histórias que, mais de uma vez, vendera parte das terras para comprar novos livros.

E o que lia o fidalgo? Apenas novelas de cavalaria. Era um gênero literário ultrapassado, que emocionara multidões de leitores um século antes, mas que na época não fazia mais sentido. Romances inspirados na cavalaria, uma instituição da Idade Média, eram todos parecidos. O herói era sempre um cavaleiro gentil, generoso e valente, que corria o mundo em busca de aventuras e enfrentava dragões, bruxas e gigantes para reparar injustiças. Ele devotava amor ardente a uma mulher linda e cheia de virtudes, a quem adorava de longe e a quem dedicava suas conquistas.

De tanto ler esse tipo de história, o fidalgo começou a perder o juízo. Passava as noites em claro e os dias trancado na biblioteca, vivendo na imaginação as aventuras de seus ídolos. Ele se via na pele das personagens, confundia-se com elas, sentia o mesmo que elas sentiam. Em sua fantasia, era ele quem lutava contra bruxas e feiticeiros, quem sentia a dor dos ferimentos nas batalhas e quem encontrava consolo no amor impossível por uma donzela.

Já fraco da razão, o fidalgo resolveu um dia transformar-se em cavaleiro andante e sair pelo mundo para pôr em prática as peripécias que lera nos livros. Sem esforço, podia ver a si mesmo voltando à sua aldeia depois das lutas, famoso e respeitado por todos, conquistando a glória eterna. Com esses pensamentos agradáveis, começou os preparativos.

Um cavaleiro andante precisava de trajes adequados, armas e montaria. Revirando velhos armários, o fidalgo resgatou uma armadura antiquíssima, que pertencera a seu bisavô, limpou-a e consertou-a o melhor que conseguiu. Depois fez o mesmo com uma espada mofada e cheia de ferrugem.

E o cavalo? O fidalgo examinou o pangaré usado para os serviços do sítio. Era velho, magro e feio, mas aos seus olhos pareceu mais belo que o famoso Bucéfalo, de Alexandre, o Grande, rei da Macedônia e o mais célebre conquistador do mundo antigo.

Depois de pensar por quatro dias, batizou o pangaré com um nome que considerou digno da nova vida que levariam. Se antes havia sido um simples rocim, agora seria Rocinante, nome sonoro e elevado, condizente com a condição de montaria de Dom Quixote de la Mancha – como o fidalgo denominou a si mesmo. Era costume que os cavaleiros andantes trocassem de identidade ao partir para as aventuras. Ao novo nome acrescentava-se o lugar de origem: no caso, a província da Mancha, onde o fidalgo vivia.

Tudo preparado para partir, faltava apenas apaixonar-se por uma dama à sua altura. Um cavaleiro andante sem amor era como um corpo sem alma, uma árvore sem frutos, diziam os livros.

Se, por azar ou por sorte, Dom Quixote derrotasse um gigante em suas andanças, a quem o mandaria? Os heróis das novelas de cavalaria costumavam enviá-lo à amada, para lhe servir de escravo. Na sua poderosa imaginação, o fidalgo já via "seu" gigante de joelhos diante de "sua" doce senhora, dizendo com voz humilde e submissa:

– Sou o gigante Caraculiambro, senhor da Ilha Malindrânia, vencido em singular batalha pelo celebrado cavaleiro Dom Quixote de la Mancha, o qual ordenou que me apresentasse diante da senhora para lhe prestar serviços.

Quem poderia ser a dama? Num lugarejo próximo havia uma jovem lavradora de boa aparência, por quem o fidalgo andara apaixonado. Chamava-se Aldonça Lourenço. Como o nome não parecia adequado a uma princesa, rebatizou-a de Dulcineia. E, como ela morava na aldeia de Toboso, completou: Dulcineia del Toboso, um nome tão musical e digno quanto os que escolhera para o cavalo e para si mesmo.

Assim, certa manhã bem cedo, num caloroso mês de julho, montado em Rocinante, vestido com a armadura, levando a espada e uma lança, e com o coração vibrando de amor por Dulcineia del Toboso, Dom Quixote de la Mancha saiu disfarçadamente por uma porta falsa do curral e lançou-se ao mundo.

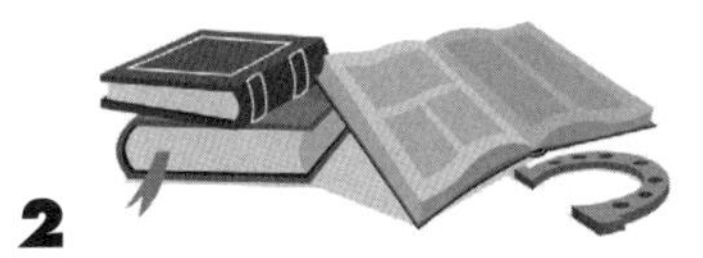

2
A ESTALAGEM SE TRANSFORMA EM CASTELO

TROTANDO PELAS ESTRADAS POEIRENTAS, o fidalgo sentiu o coração nas nuvens. Pensava nas tarefas que o esperavam e não via a hora de começar. Havia tantas ofensas a desfazer, tantos erros a endireitar, tantas injustiças a corrigir, abusos com que acabar e dívidas a serem cobradas, que sua alma se enchia de alegria.

De repente, assaltou-o um pensamento terrível, que quase o fez desistir: ele não havia sido armado cavaleiro! Pelas rígidas leis da cavalaria, não poderia duelar com outro cavaleiro nem portar armas com insígnias. Dom Quixote ficou paralisado. Deveria voltar? Hesitou um instante, mas decidiu que se faria armar cavaleiro pela primeira pessoa que encontrasse. Lera nos livros que outros cavaleiros agiram assim. Continuou a jornada, perdido em pensamentos de glórias futuras.

Ao anoitecer, cavaleiro e cavalo estavam exaustos e famintos. Dom Quixote olhou ao redor, procurando um castelo onde ele e Rocinante pudessem receber alimentação e abrigo. Avistou uma estalagem simples de beira de estrada, com uma luzinha na porta. Cavalgou para lá como se a luz fosse uma estrela e a alcançou antes de escurecer.

Na porta, havia duas mulheres que viajavam a Sevilha na companhia de arrieiros. Em sua cabeça, o fidalgo transformou as aldeãs em formosas damas, a estalagem em castelo e a buzina de um condutor de porcos que recolhia o rebanho em um arauto que anunciava sua chegada.

As mulheres se assustaram ao ver o estranho cavaleiro, com aquela armadura fora de época, e fugiram para dentro da venda. Dom Quixote descobriu o rosto poeirento e sossegou-as, com a voz pausada e gestos gentis:

– Não temam, prezadas damas! A ordem da cavalaria à qual pertenço não me permite perturbar ninguém, muito menos gentis donzelas como vocês!

As duas caíram na risada. Ser chamadas donzelas era a coisa mais engraçada que tinham ouvido, já que sua profissão era divertir os homens em troca de dinheiro. Nesta altura, o dono da estalagem, homem gordo e pacífico, surgiu lá de dentro, atraído pelo barulho. Ao ver a curiosa figura do recém-chegado, decidiu usar de prudência para lidar com a situação.

– Se busca pousada, senhor cavaleiro, sinto muito, mas não tenho mais leitos disponíveis. Em tudo o mais, pode contar com minha hospitalidade no que estiver ao meu alcance...

Vendo a humildade do homem, o fidalgo respondeu:

– Para mim, senhor castelão, qualquer coisa serve, pois meus arreios são as armas e meu descanso é na peleja.

O estalajadeiro ajudou Dom Quixote a desmontar, tarefa nada fácil, pois a armadura lhe tolhia os movimentos. Com voz autoritária, o fidalgo recomendou que tratassem Rocinante com honras reais, o que provocou novo ataque de riso nas mulheres. Aquele cavalo não merecia tanta consideração!

Elas ajudaram o fidalgo a tirar a pesada armadura, mas não conseguiram desprender o capacete do seu pescoço. Estava preso com tiras verdes e ele não as deixou cortar os nós de jeito nenhum. Precisou manter a viseira erguida para comer o pão duro e o bacalhau de má qualidade que lhe serviram. Para beber o vinho, o dono da venda improvisou um canudo.

Alimentado e animado pelo calor da bebida, Dom Quixote não se surpreendeu quando um castrador de porcos chegou tocando uma gaita. Ao contrário. Convenceu-se de que estava mesmo em um famoso castelo, que o serviam com música, que o bacalhau era truta, que o pão era feito de farinha refinada, que as moças eram damas da corte e o estalajadeiro, o proprietário do castelo.

Só uma coisa preocupava o fidalgo: por ainda não ter sido armado cavaleiro, não se considerava merecedor dessas honrarias. Precisava apressar a cerimônia. Não poderia lançar-se a nenhuma aventura antes de receber a ordem da cavalaria.

3
DOM QUIXOTE É ARMADO CAVALEIRO

DEPOIS DA CEIA, O FIDALGO chamou o estalajadeiro a um canto do estábulo e caiu de joelhos diante dele, dizendo:

– Não me erguerei daqui, valoroso cavaleiro, enquanto não me prometer algo muito importante, que resultará em benefícios para toda a humanidade.

E explicou suas intenções: queria que o vendeiro o armasse cavaleiro na manhã seguinte, ali mesmo, no "castelo". Durante a noite, ele, Dom Quixote, seguindo o costume, ficaria na capela velando as armas. Depois da cerimônia, poderia partir tranquilo aos quatro cantos do mundo, para buscar aventuras e cumprir com seu destino a favor dos necessitados.

Vendo o hóspede a seus pés, decidido a não sair dali sem sua promessa, o homem ficou um instante confuso, sem saber o que dizer ou fazer. Estava certo de que se tratava de um doido. Enfim, resolveu concordar. Era a maneira mais rápida de se ver livre de um visitante tão incômodo.

– Não esperava outra atitude do senhor – respondeu Dom Quixote, agradecido.

Havia um problema, porém. No "castelo" não existia capela. O estalajadeiro inventou que ela fora derrubada para dar lugar à construção de outra, maior e mais bela. Mas ele tinha uma sugestão melhor. Como conhecedor dos costumes da cavalaria – já que ele próprio, na juventude, tinha sido um cavaleiro andante, mentiu –, sabia que as armas poderiam ser veladas ao ar livre, no pátio.

Na verdade, o homem estava preocupado com outra coisa.

– Traz dinheiro, nobre senhor? – perguntou, avaliando se o fidalgo teria condições de pagar pela hospedagem.

Dom Quixote ficou indignado. Nunca lera em livro algum que um cavaleiro andante precisasse de dinheiro!

O vendeiro argumentou que isso não se escrevia nas histórias por não ser necessário tratar de assuntos tão elementares. No entanto, claro que um cavaleiro andante precisava, sim, de dinheiro e outras coisas básicas, como camisas limpas, ataduras e uma caixinha com unguentos para curar as feridas depois das batalhas. Óbvio que quem se ocupava dessas vulgaridades não era o cavaleiro, e sim seu escudeiro, figura imprescindível que o acompanhava.

Dom Quixote aceitou a sugestão e disse que providenciaria tais itens em breve. Em seguida, transferiu-se para o curral, ao lado da estalagem, para velar as armas. Depositou-as sobre um poço, segurou a lança e, com gentil postura, passou a caminhar de um lado a outro. A noite caía. Novos hóspedes começavam a chegar.

Um condutor de mulas aproximou-se do poço para dar água aos animais. Precisava abrir a tampa do poço e tirar as armas dali. Antes que as tocasse, Dom Quixote avançou para ele:

– Alto lá! Como ousa tocar nas armas do mais valoroso cavaleiro andante que jamais cindiu espada? Veja o que faz e não toque nelas, se não quiser perder a vida pelo atrevimento!

O homem não lhe deu ouvidos. Pegou as armas e jogou-as longe. Dom Quixote, ao ver a cena, ergueu os olhos para o céu e invocou sua amada Dulcineia:

– Socorre-me, minha senhora, nesta primeira afronta que sofro! Não negue teu favor e teu amparo a este fiel vassalo!

Balbuciando tais palavras, o fidalgo ergueu a lança e deu um golpe tão forte na cabeça do arrieiro, que o derrubou no solo, bastante ferido. Feito isso, recolheu as armas e recomeçou a caminhada, com a mesma tranquilidade de antes.

Daí a pouco, chegou outro arrieiro com a mesma intenção de dar água às mulas, e a cena se repetiu. Dom Quixote ergueu de novo a lança e partiu-a na cabeça do segundo intruso. O infeliz pôs-se a gritar. Iniciou-se um tumulto. Muita gente veio ver o que estava acontecendo, inclusive o estalajadeiro.

Os homens queriam acabar com o fidalgo. Avançaram sobre ele com pedras e paus na mão. Ele se defendia com o frágil escudo e não ousava se afastar do poço, para não desamparar as armas. Só clamava por sua amada:

– Ó senhora da formosura, esforço e vigor do meu debilitado coração, é tempo de voltar os olhos para este seu cativo cavaleiro, que tamanho desafio está enfrentando!

Conforme falava, seu ânimo aumentava. A fúria da multidão não o intimidava. O estalajadeiro procurou acalmar a todos.

– Este homem está louco! Vamos deixá-lo em paz antes que ele nos mate! – gritou.

Dom Quixote enfureceu-se com o estalajadeiro, gritando ainda mais alto. Chamou-o de canalha e traidor por consentir que seus súditos tratassem tão mal o hóspede ilustre. Se ele já tivesse recebido a ordem da cavalaria, dizia, lhe daria o devido castigo.

O fidalgo falava com tanta convicção que infundiu um medo terrível nos que o atacavam. Fosse por isso, ou pelos argumentos do vendeiro, os homens pararam de atirar-lhe pedras. Ele, por sua vez, permitiu que recolhessem os feridos e voltou a velar as armas com a mesma quietude do início.

Antes que outra desgraça acontecesse, o dono da estalagem decidiu agir. Comunicou ao fidalgo que era chegada a hora de ele ser armado cavaleiro. Na falta de uma capela, a cerimônia seria ao ar livre. Argumentou que as armas já tinham sido veladas por quatro horas, e isso era suficiente. O manual da cavalaria recomendava duas horas apenas. Dom Quixote acreditou em tudo e agradeceu.

O homem trouxe o livro onde anotava as contas e aproximou-se. Seguiam-no um rapaz, que segurava um toco de vela aceso, e as duas "donzelas", que aceitaram participar da brincadeira. Ele mandou Dom Quixote ficar de joelhos e fingiu ler o livro de contas, como se rezasse uma interminável oração. Concluiu batendo com a lâmina da espada nos ombros e no pescoço do fidalgo:

– Que Deus o faça um cavaleiro venturoso e lhe dê sorte nas pelejas. De agora em diante, é Dom Quixote de la Mancha.

Dito isso, mandou que as "damas" pusessem a espada na cinta do cavaleiro. Disfarçando o riso, elas obedeceram. Orgulhoso e feliz, o fidalgo selou Rocinante, montou-o e partiu a galope. O vendeiro ficou tão aliviado que esqueceu de apresentar-lhe a conta.

4
DESASTRADOS PASSOS DO NOBRE FIDALGO

RAIAVA O DIA QUANDO DOM QUIXOTE saiu da estalagem. Ia tão contente e alvoroçado por ter sido armado cavaleiro, que seu peito quase estourava de felicidade.

Enquanto cavalgava, pensava nos conselhos do vendeiro. O homem tinha razão. Ele precisava, sim, de um escudeiro e de camisas limpas. Lembrou-se de um lavrador vizinho, homem pobre e pai de vários filhos, que poderia acompanhá-lo nas viagens. Com esse pensamento, o fidalgo guiou Rocinante em direção à aldeia. O animal, reconhecendo o caminho, pôs-se a trotar alegremente.

Não haviam andado muito quando Dom Quixote ouviu vozes. Vinham do bosque à direita da estrada. Alguém se queixava, como se estivesse sofrendo ou ferido. O cavaleiro conduziu Rocinante para lá, agradecendo aos céus por tê-lo colocado nesse caminho.

– Graças a Deus, terei a chance de tão cedo já cumprir com o dever da minha profissão! – disse para si mesmo.

Havia alguém em perigo. Uma dama, talvez?... Ao entrar no bosque, presenciou uma cena inesperada. Um lavrador troncudo e forte espancava um rapazinho de cerca de quinze anos, amarrado a uma árvore, nu da cintura para cima. A cada açoite, dava-lhe conselhos e repreensões. Dom Quixote sacou a espada e gritou:

– Que covardia está praticando, vil cavaleiro! Não fica bem bater em quem não pode se defender! Monte em seu cavalo e prepare sua lança, que lhe darei uma lição!

O camponês levou o maior susto ao ver o cavaleiro armado e encolerizado. Explicou que o rapaz era seu criado, e que lhe batia por permitir que roubassem seu rebanho.

– A cada dia perco uma ovelha, senhor. E como resolvi corrigi-lo, ele diz que não lhe pago o salário. Juro que é mentira!

Dom Quixote não acreditou no homem. Furioso, fez com que ele desamarrasse o criado e perguntou ao rapaz quanto o patrão lhe devia.

– Nove meses, a sete moedas por mês – disse o menino.

– É preciso descontar três pares de sapatos que lhe dei e duas sangrias que recebeu quando ficou doente – alertou o patrão.

– Fiquem os sapatos e as sangrias em paga dos açoites que sem culpa lhe aplicou – determinou Dom Quixote.

O lavrador alegou que só tinha dinheiro em casa. Por isso o rapaz, que se chamava André, precisava acompanhá-lo. O menino não queria ir. Se ficasse a sós com o homem, apanharia outra vez, disse a seu protetor. Dom Quixote garantiu que o patrão não ousaria agir assim, pois o faria jurar pelas leis da cavalaria.

– Dê-me o prazer de vir comigo, irmão André – concordou o lavrador. – Eu juro, por todas as ordens de cavalaria que há no mundo, que hei de lhe pagar tudo o que devo.

– Não falte ao que acaba de jurar, do contrário voltarei para castigá-lo!

Ninguém falta com a palavra dada ao valoroso Dom Quixote de la Mancha, o reparador de agravos e injustiças!

O fidalgo esporeou Rocinante e partiu, feliz pela boa ação que praticara, sem saber que o homem, mal o outro virou as costas, voltou a amarrar o rapaz e a dar-lhe uma surra ainda maior.

Enquanto isso acontecia, Dom Quixote, felicíssimo, trotava para casa, invocando sua amada Dulcineia.

– Você é a mais ditosa e a mais bela das donzelas, Dulcineia del Toboso! Teve a sorte de ter, cativo e submisso à sua vontade, o valoroso e célebre Dom Quixote de la Mancha, que ontem foi armado cavaleiro e hoje salvou de cruel flagelo um delicado infante!

Logo à frente, o caminho se dividia em quatro. O fidalgo lembrou das encruzilhadas, onde os cavaleiros sempre tinham dúvida sobre qual rumo tomar. Depois de pensar um pouco, soltou as rédeas de Rocinante e deixou-o decidir. O animal, é claro, escolheu o caminho de sua própria cavalariça.

Pouco adiante, cruzaram com comerciantes de Toledo que iam a Múrcia com os criados para comprar sedas. Pressentindo nova aventura, Dom Quixote se pôs no meio da estrada, ergueu a voz e, imitando uma passagem dos livros, disse em tom arrogante:

– Que todos se detenham, até confessarem que não existe no mundo donzela mais formosa que Dulcineia del Toboso!

Os mercadores observaram suas vestimentas, suas armas antigas e seu jeito esquisito, e concluíram que era um doido. Mas, para evitar problemas, um deles falou em nome dos outros:

– Não conhecemos essa senhora, cavaleiro. Mas, para que não nos pese na consciência confessar algo que nunca vimos nem ouvimos, suplico-lhe que nos mostre algum retrato dela, e diremos o que quiser ouvir a seu favor.

– Canalha infame! Como ousa duvidar da formosura de tão ilustre dama? Pagará caro pela blasfêmia! – gritou Dom Quixote, arremetendo a lança contra o atrevido mercador.

O homem teria se ferido seriamente se Rocinante não tivesse nessa hora tropeçado e caído, levando seu amo a rolar pelo chão. Devido ao peso da armadura, não era fácil levantar-se. Enquanto o fidalgo pelejava para se pôr de pé, um dos criados pegou sua lança e quebrou-a em quatro pedaços. Em seguida, usou um deles para dar uma surra no pobre cavaleiro.

Os mercadores prosseguiram viagem, deixando Dom Quixote largado na estrada, moído de tanto apanhar.

5
DE COMO A BIBLIOTECA DESAPARECE

VENDO QUE NÃO CONSEGUIA MOVER-SE, Dom Quixote buscou refúgio no costumeiro remédio: pensar em uma passagem dos livros. Em sua loucura, veio-lhe à memória um trecho em que o Marquês de Mântua, ferido no bosque, invocava a amada em versos:

Onde estás, senhora minha,
Que não te dói o meu mal?
Ou não o sabes, senhora,
Ou és falsa e desleal.

E seguiu recitando o poema até o trecho que dizia:

Ó nobre Marquês de Mântua,
Meu tio e senhor carnal!

Quis a sorte que, nesse momento, passasse pela estrada um lavrador da aldeia, vizinho de Dom Quixote, que o reconheceu e, vendo-o ferido, socorreu-o. O fidalgo acreditou tratar-se do próprio Marquês de Mântua e seguiu narrando sua desgraça e os amores do filho do imperador, tal como estava no livro.

O lavrador espantou-se ao ouvir tantos disparates.

– Senhor Quixano, quem o pôs neste estado? – perguntou, tirando-lhe a viseira e limpando-lhe o pó do rosto.

O fidalgo continuou respondendo com palavras do romance. Percebendo que o vizinho estava louco, o camponês levantou-o do chão, colocou-o sobre seu próprio jumento, recolheu as armas e os fragmentos da lança e amarrou-os sobre Rocinante. Segurando as rédeas do animal e o cabresto da sua montaria, encaminhou-se para o povoado, atento a Dom Quixote, que continuava delirando.

– Saiba vosmecê, senhor Dom Rodrigo de Nervais, que esta formosa Xarifa, a que me refiro, é hoje a linda Dulcineia del Toboso, por quem fiz, faço e farei as mais célebres proezas da cavalaria!

– Sou Pedro Alonso, seu vizinho – replicou o lavrador, quase se desculpando. – E o senhor é o honrado fidalgo Dom Quixano.

– Sei quem sou – respondeu Dom Quixote. – E sei que posso ser muitos outros, e também os Doze Pares de França.

Chegaram na aldeia ao anoitecer. A casa do fidalgo estava em alvoroço. Além da sobrinha e da empregada, encontravam-se ali o padre e o barbeiro, todos preocupados com o sumiço dele, três dias antes. Dom Quixote foi logo ordenando:

– Levem-me ao leito e chamem a sábia Urganda, para que me examine e me cure.

Puseram-no na cama e o revistaram à procura de feridas, mas o fidalgo garantiu que sua única dor decorria do abatimento pela queda com Rocinante, durante um combate com dez gigantes.

– Gigantes?! Sim, sim... – O padre balançou a cabeça.

A sobrinha estava justamente se queixando dos hábitos de leitura do tio e atribuindo seus males aos livros.

– Muitas vezes aconteceu de meu tio ler essas histórias de desventuras por dois dias e duas noites, ao cabo dos quais trocava o livro pela espada, e dava cutiladas nas paredes, e quando se cansava dizia que havia matado quatro gigantes. Jurava que o suor que lhe escorria pelo rosto era sangue das feridas de combate. Bebia então um jarro de água fria e se acalmava, dizendo que era bebida preciosa, presente de um feiticeiro amigo seu.

E a moça concluiu:

– Culpo-me por não ter contado a ninguém. Se os senhores soubessem, teriam impedido meu tio de chegar onde chegou.

– Ainda é tempo de agir. Vamos queimar todos os livros! – propôs o padre, decidido. – Vamos encomendá-los a Satanás, já que eles liquidaram com a maior inteligência que havia na Mancha!

A sobrinha e a criada aprovaram a ideia. Esta, porém, pediu ao padre que antes benzesse a biblioteca para evitar a vingança de algum feiticeiro. O padre achou graça na preocupação dela. Disse que esse perigo não existia e, auxiliado pelo barbeiro, começou a escolher os livros que iriam para a fogueira.

Entre os romances de cavalaria, o primeiro a arder seria *Os quatro*, de Amadís de Gaula, que inaugurara esse tipo de literatura na Espanha. Os dois homens excluíram apenas uns poucos livros que acreditavam conter bons ensinamentos e rígida moral, mas não pouparam nem mesmo os de poesias pastoris.

– Melhor destruí-los também – disse a sobrinha. – Não me surpreenderia se meu tio, curado da loucura cavaleiresca, desse para se meter pelos bosques, tocando e cantando. Pior: tornando-se um poeta, que, segundo dizem, é doença incurável e contagiosa.

– E este, vai para o fogo? – indagou o barbeiro. – É *A Galateia*, de Miguel de Cervantes.

– Cervantes é meu amigo e, pelo que sei, entende mais de desgraças que de versos. Mas seu livro tem boas intenções. Vamos salvá-lo e esperar a segunda parte, que ele prometeu escrever.

Levaram todas as obras ao curral para serem incineradas e combinaram enganar o fidalgo com uma história fantasiosa, para evitar o ataque de fúria que ele teria quando desse pela falta da biblioteca. Antes, emparedaram a entrada do aposento de tal jeito que ninguém diria que ali teriam existido tantas estantes.

Quando Dom Quixote acordou, disseram-lhe que o diabo estivera na casa e levara os livros embora. Mais: além dos volumes, levara também o cômodo onde os livros estavam. Dom Quixote foi até o lugar onde havia sido a porta da biblioteca, tateou com as mãos, olhou para os lados e não disse nada. Depois de algum tempo, perguntou à sobrinha como era o aspecto da criatura que ali estivera.

– Vinha montado numa serpente e envolto numa nuvem – disse ela. – Saiu pelo telhado, deixando a casa cheia de fumaça. Quando olhamos, não havia mais livros nem o aposento. Acho que era um feiticeiro... Disse chamar-se Munhatão, se não me engano...

– Não seria Fristão, por acaso? – corrigiu Dom Quixote.

– Talvez... Só ouvimos que seu nome acabava em "ão".

– Então era Fristão, seu dúvida! É um feiticeiro inimigo meu, que protege um cavalheiro que um dia vou liquidar.

– Quem duvida disso? – atalhou a sobrinha. – Mas, meu tio, não será melhor ficar quieto em casa, em vez de ir-se mundo afora? Lembre-se de que muitos vão buscar lã e saem tosquiados.

– Ó minha sobrinha! – respondeu Dom Quixote. – Antes que me tosquiem, hei de arrancar a pele de quem ousar tocar-me!

Surpreendentemente, Dom Quixote não falou mais no assunto da biblioteca. Passou os quinze dias seguintes sem sair de casa, muito sossegado. Depois fez visitas, conversou com os compadres, trocou ideias com o padre e o barbeiro e, se alguma vez voltou a mencionar a cavalaria andante, ninguém ousou contrariá-lo. Parecia até que havia desistido de sonhar.

6 O FIEL ESCUDEIRO E OS MOINHOS DE VENTO

NO ENTANTO, SEM QUE NINGUÉM soubesse, o fidalgo começou a se aproximar de um lavrador da vizinhança, homem de bem, gordo e amável, mas com fama de ter pouca inteligência. Seu nome era Sancho Pança. Tanto Dom Quixote falou e falou que o convenceu a tornar-se seu escudeiro. Se ele o acompanhasse nas aventuras, prometeu, poderia conquistar poder e riqueza. Cavaleiros andantes doavam parte de suas conquistas aos escudeiros. Se fosse servido fielmente, disse, lhe daria uma ilha para governar.

O lavrador, que era ingênuo e puro, acreditou no que ouvia e começou a partilhar os mesmos sonhos. Esperou o fidalgo juntar dinheiro, vendendo alguns objetos e penhorando outros, até terem o suficiente para viajar. Nas vésperas de partir, Sancho Pança obteve licença do patrão para ir montado em seu jumento, um animal velho e cansado, mas ainda capaz de suportar no lombo um pesado alforje contendo camisas e outros itens necessários à longa viagem.

Partiram uma noite sem que ninguém os visse, Sancho sem se despedir da mulher e dos filhos, Dom Quixote sem avisar a sobrinha. Depois de algumas horas, chegaram a um campo muito vasto. O cavaleiro apontou algo ao longe, feliz da vida:

– Veja só, amigo Sancho, a aventura está do nosso lado. Lá estão trinta desaforados gigantes, que vamos combater e matar.

– Que gigantes? – indagou Sancho Pança, espantado.

– Aqueles que ali estão, com grandes braços.

O escudeiro examinou atentamente o horizonte e tentou esclarecer o engano do patrão.

– Não são gigantes, senhor, são moinhos de vento. O que parecem ser braços são suas pás, que, impelidas pelo vento, fazem girar a pedra que mói os grãos.

– Bem se vê que não entende nada de cavalaria – replicou Dom Quixote. – São gigantes, sim! Se você tem medo, afaste-se e reze, enquanto eu me lanço a esta batalha feroz e desigual.

Dom Quixote esporeou Rocinante e galopou na direção do primeiro moinho, sem dar atenção aos gritos aflitos do escudeiro, que insistia em avisar que não eram gigantes os seres que ele pretendia atacar. Nesta altura soprou um vento forte, que fez com que as grandes pás girassem com mais rapidez.

– Ainda que movam mais braços que os do gigante Briaréu, haverão de pagar-me! – ameaçou Dom Quixote, avançando.

Protegido pelo escudo e com a lança em punho, investiu a todo galope contra o moinho. O vento girava as pás com tamanha fúria que a arma do fidalgo se partiu em mil pedaços, e tanto o cavalo como o cavaleiro foram arrastados e arremessados com violência para longe, rolando pelo chão, muito machucados.

– Valha-me Deus! – exclamou Sancho Pança, correndo para acudi-los. – Eu não disse que eram moinhos?

Mas o fidalgo tinha outra interpretação para os fatos.

– Cale-se, amigo Sancho – enquanto falava, Dom Quixote ia se erguendo, com dificuldade. – Não sabe que, na guerra, as coisas podem mudar? Aquele feiticeiro Fristão, que me roubou os livros e o aposento da biblioteca, transformou estes gigantes em moinhos para me impedir de vencê-los. Porém o tempo mostrará que o poder da minha espada é mais forte do que ele.

O escudeiro ajudou-o a ficar de pé e a subir em Rocinante. O cavalo também ficara depauperado. O fidalgo teve de sentar-se de lado, e assim seguiram, devagarzinho, para Porto Lápice, local por onde passavam muitos viajantes, ideal para aventureiros. Sancho Pança observou que o patrão não se queixava de dores.

– É verdade – concordou Dom Quixote. – É que os cavaleiros andantes não devem reclamar de ferida nenhuma.

– Espero que essa lei não se estenda aos escudeiros, pois, de minha parte, hei de me queixar da menor dor que sentir.

Dom Quixote riu da simplicidade do escudeiro e disse que ele podia, sim, reclamar o quanto quisesse. Sancho foi comendo pelo caminho e tomando uns goles de vinho. O fidalgo não sentia fome. Pararam para pernoitar debaixo de umas árvores.

O que mais aborrecia Dom Quixote era ter perdido sua lança na luta contra os moinhos. Lembrou-se de uma passagem dos livros e fez algo que havia lido: cortou um galho seco de árvore, forte o suficiente para servir de lança, e encaixou nele a ponta de ferro da arma destruída. Sentindo-se outra vez armado, deitou-se para dormir. Mas, enquanto Sancho Pança roncava, com a barriga cheia, exausto das aventuras do dia, Dom Quixote passou a noite em claro, pensando em Dulcineia. Na manhã seguinte, teve de sacudir o escudeiro para acordá-lo. E logo tornaram a partir.

7
OS FRADES E A LIBERTAÇÃO DA PRINCESA

LÁ PELAS TRÊS HORAS DA TARDE, estavam perto de Porto Lápice. Iam pela estrada conversando, quando avistaram dois frades da ordem de São Bento, montados em dromedários e protegidos por guarda-sóis. Atrás deles vinha uma carruagem guardada por cinco homens a cavalo e dois a pé. Dom Quixote logo se empolgou:

– Vês, Sancho? Aqueles vultos negros que ali vêm devem ser feiticeiros. Raptaram a princesa que está na carruagem. É preciso impedir esse agravo, com todo o meu poderio.

– Ai, senhor, isto poderá sair pior que a história dos moinhos de vento! – alertou Sancho. – Repare que os dois são frades e na carruagem deve viajar alguma passageira. Repare bem no que faz, senhor, para que o diabo não o engane novamente.

Dom Quixote não lhe deu ouvidos. Pronto para se lançar contra os frades, limitou-se a adverti-lo a não participar jamais de suas lutas, nem mesmo para defendê-lo. O escudeiro só poderia levantar a arma contra inimigos de classe inferior. Para lutar contra outro cavaleiro, teria também de ser armado cavaleiro. Eram as leis da cavalaria, e eles precisavam obedecê-las, explicou o amo.

– Certamente, senhor – concordou Sancho Pança. – Tanto mais que sou homem pacífico e inimigo de me meter em confusões.

Os dois frades ficaram atônitos quando o fidalgo se colocou no meio da estrada, barrando-lhes a passagem e exclamando:

– Alto lá, representantes do demônio! Libertem a formosa princesa que vai na carruagem ou serão castigados com a morte imediatamente!

– Não somos emissários do demônio e sim religiosos de São Bento, senhor cavaleiro – replicaram, apresentando-se. – Seguimos nosso caminho e nem sabemos quem viaja atrás de nós.

– Não acredito em suas palavras, pois conheço bem quem são! – bradou o cavaleiro andante.

Sem esperar resposta, esporeou Rocinante e, de lança baixa, arremeteu contra o primeiro frade com tanta fúria que, se este não tivesse saltado da mula, teria sido morto pelo galho com a ponteira. O segundo religioso tratou de fugir dali, mais rápido que o vento.

Vendo o primeiro frade no chão, Sancho Pança correu até ele e começou a tirar-lhe todos os pertences. O pobre homem não estava entendendo nada, pois acreditava que o gordo tivesse vindo socorrê-lo. Aproximaram-se dois guardas da carruagem e quiseram saber por que o escudeiro fazia aquilo.

– O frade é uma presa de guerra e, por direito, me pertence. Ele perdeu a batalha para meu amo, Dom Quixote de la Mancha. São as leis da cavalaria, senhores!

Os homens, que não entendiam nada de leis de cavalaria, e, além disso, viram que Dom Quixote estava longe, conversando com a dama da carruagem, atacaram o escudeiro e lhe deram uma surra tão violenta que o deixaram sem sentidos, atirado no chão. O religioso aproveitou a chance para montar no cavalo e galopar ao encontro do companheiro, que o esperava mais adiante.

Dom Quixote, enquanto isso, só tinha olhos para a senhora da carruagem. Sem saber que ela não era princesa, e sim a esposa de um comerciante da província de Biscaia, que viajava a Sevilha para encontrar o marido, o cavaleiro andante curvou-se diante dela, falando em tom gentil e educado:

– Saiba que seus raptores jazem por terra, derrubados pelo braço invencível deste seu criado que aqui está. O único favor que lhe peço em paga do benefício que acaba de receber é que a senhora se apresente diante de minha amada, Dulcineia del Toboso, contando-lhe tudo o que fiz para libertá-la.

Um dos guardas da carruagem, originário da província de Biscaia, irritou-se com o que ouviu. Quem era o homem que ousava ordenar que a comitiva voltasse a Toboso, em vez de seguir viagem? Falando num linguajar típico dos biscainhos, advertiu o fidalgo:

– Se não queres morrer, sai já daí!

Dom Quixote olhou-o com desprezo e retrucou:

– Se fosse um cavaleiro, eu puniria seu atrevimento. Mas como é um simples escravo, vou deixá-lo ir!

O outro se irritou ainda mais. De espada em punho, gritou:

– Não sou cavaleiro? Fidalgo do diabo, verá quem sou!

Antes que o biscainho fizesse qualquer coisa, Dom Quixote empunhou sua espada e, protegido pelo escudo, avançou contra ele, disposto a tirar-lhe a vida. Não menos decidido, este o encarou como inimigo mortal. Os dois se lançaram a uma luta feroz. Todos ao redor tentaram apaziguá-los, mas sem sucesso. A senhora na carruagem rezava aos santos da Espanha e pedia aos céus para fazê-los recobrar o juízo. Sem conseguir seu objetivo, mandou o cocheiro afastar-se um pouco e ficou observando a briga de longe.

O biscainho pegou uma almofada da carruagem e, usando-a como escudo, avançou sobre o fidalgo e desferiu-lhe um forte golpe no ombro. Não fosse a armadura, Dom Quixote teria sido cortado ao meio. Possesso, ele revidou o golpe e atingiu o rapaz no rosto. Vendo o sangue lhe jorrar pelo nariz, pelos olhos e pelos ouvidos, a senhora, na carruagem, implorou pela vida dele.

Dom Quixote invocou a doce Dulcineia e gritou:

– Atenderei seu pedido, gentil princesa, mas com uma condição. Que este infeliz se apresente diante da bela Dulcineia del Toboso. Só ela poderá decidir o que fazer com ele.

E, voltando-se para o adversário, ordenou:

– Depõe as armas ou corto-lhe o pescoço!

O rapaz fez o que ele mandava, e a senhora agradeceu. Dom Quixote se curvou diante dela e autorizou a partida da comitiva.

– Pode seguir adiante, senhora, e que Deus a proteja!

8
UMA LUTA DESIGUAL

CONTA-SE NA ESPANHA QUE, nesta altura dos acontecimentos, Sancho Pança, moído pela surra que levara, atirou-se de joelhos diante de Dom Quixote, beijou sua mão e rogou:

– Depois desta vitória que o senhor acaba de obter, espero receber a ilha que me prometeu, meu amo. Eu lhe garanto que hei de governá-la com justiça e sabedoria.

Dom Quixote pediu-lhe um pouco mais de paciência. Aquela batalha tinha sido das pequenas, explicou. Outras muito maiores os aguardavam. Estas sim é que o levariam a governar uma ilha.

Sancho satisfez-se com a resposta, beijou novamente a mão do patrão e ajudou-o a montar em Rocinante. Seguiram a passos largos por um bosque, sem tocar mais no assunto. O escudeiro ia preocupado com outra coisa. Tinham atacado dois religiosos. E se a Santa Irmandade a que eles pertenciam viesse prendê-los?

– Parece-me, senhor, que seria acertado nos refugiarmos em alguma igreja – sugeriu Sancho. – Se nos pegam, iremos para o cárcere. E até sair de lá se passarão muitos anos...

Dom Quixote o tranquilizou. Essa hipótese nem lhe passava pela cabeça. Não havia registro nos livros sobre cavaleiros andantes punidos por homicídios que cometeram. O fidalgo, ao contrário, mostrava-se feliz e orgulhoso de seus feitos.

– Diga-me, caro Sancho, conheceu algum dia um cavaleiro mais valente do que eu? Já leu porventura num livro as façanhas de algum fidalgo mais perseverante, com mais brio nas batalhas e maior destreza no manejo das armas?

– Para dizer a verdade, senhor, nunca li histórias, pois não sei ler nem escrever – confessou o escudeiro. – O que posso garantir é que jamais servi a alguém mais ousado. Que tais ousadias não lhe saiam caro, é o que desejo. A propósito, cuidemos dessa orelha, que sangra muito. Trago aqui um unguento...

– Se eu tivesse lembrado de trazer o bálsamo de Ferrabrás, só uma gota resolveria o problema – lamentou o fidalgo.

– Que bálsamo é esse?

– É um remédio que cura qualquer ferida. Quem o possui não teme a morte. Bastam duas gotinhas para fazer o morto reviver.

– Se é assim – disse Sancho –, renuncio ao governo da ilha em troca da receita desse maravilhoso licor. Meu senhor a possui?

– Sim, e vou ensiná-la ao meu escudeiro. Aliás, vou ensinar-lhe esse e muitos outros segredos. Tudo, porém, a seu tempo. Por ora, curemos minha orelha com a pomada que trazemos. A propósito, é hora de nos alimentarmos. O que temos?

Tinham pouca coisa. Sancho tirou dos alforjes uma cebola, queijo e pão seco, e desculpou-se pela magra refeição, indigna de um valente cavaleiro. Dom Quixote explicou-lhe que, ao contrário, os cavaleiros se sentiam honrados quando comiam só o que havia à mão, ou quando, por falta de alimento, passavam dias sem comer.

Era também uma honra para um cavaleiro andante ser recebido por pessoas simples do povo e partilhar da vida delas, disse o fidalgo. Foi o que aconteceu naquela noite. Na falta de uma hospedaria, acabaram encontrando um acampamento de pastores, que os acolheram com grande hospitalidade, partilhando com eles um saboroso ensopado de cabra. Depois do jantar, o escudeiro e o amo dormiram um sono justo e tranquilo.

Na manhã seguinte, seguiram viagem. Ao meio-dia, pararam junto a um riacho para descansar. Tudo parecia perfeito e em paz. Foi quando apareceu um grupo de vaqueiros, conduzindo uma tropa de belas éguas para usufruir dos bons pastos do lugar. Quem gostou da novidade foi Rocinante.

Sem pedir licença ao dono, esqueceu a idade e o cansaço e trotou até as fêmeas a fim de conquistá-las.

No entanto, as éguas estavam mais a fim de pastar que de namorar. Receberam o rocim com patadas e dentadas, destruíram sua sela e o deixaram em pelo. Os vaqueiros, pensando que Rocinante tivesse atacado as águas, vieram para cima dele e deram-lhe uma surra. O pobre ficou derrubado no chão, todo quebrado.

Dom Quixote e o escudeiro correram para socorrer o cavalo. O fidalgo estava indignado com a atitude covarde dos vaqueiros.

– Pelo que vejo, amigo Sancho, eles são gente da ralé. Logo, podes me ajudar a vingar o agravo que fizeram ao Rocinante.

– Vingar como? – indagou o escudeiro, assustado. – Eles são mais de vinte e nós, apenas dois. Ou melhor... um e meio...

– Eu valho por cem! – replicou Dom Quixote.

Sem esperar mais, brandiu a espada e avançou contra os vaqueiros. Animado pelo exemplo, Sancho fez o mesmo. Pegaram os homens de surpresa. Dom Quixote deu uma cacetada no primeiro, rasgando sua roupa de couro. Os outros reagiram. Vendo que eram apenas dois atacantes, fizeram uma roda em torno deles e investiram com tudo. Na segunda lambada, jogaram o escudeiro no chão. Dom Quixote foi o próximo. De nada lhe valeu a destreza nas armas, pois foi atirado aos pés de Rocinante, que continuava caído. Temendo tê-los matado, os vaqueiros trataram de fugir.

O primeiro a dar sinal de vida foi Sancho Pança. Arrastou-se até o amo, choramingando, e pediu com a voz fininha:

– Tens aí um pouco do bálsamo do "feio Brás", senhor?

– Ah, como seria bom se eu o tivesse! – Dom Quixote tentava se levantar, sem conseguir. – Infelizmente não o possuo.

– Em quantos dias sairemos daqui? – gemeu o pobre Sancho, apalpando os ossos e músculos para avaliar o estado deles.

Dom Quixote estava inconsolável. Do chão, dizia:

– Não sei, meu amigo... Só sei que sou culpado de tudo. Não devia ter erguido a espada contra homens rudes e ignorantes. Eu desobedeci às leis da cavalaria, por isso estou sendo punido. Da próxima vez, esteja avisado: terá de lutar no meu lugar.

– Eu?! – Sancho não acreditou no que ouvia. – Mas, senhor, sou um homem pacífico, tenho mulher e filhos para criar. Sempre que me meti em brigas, levei pancada...

– Quisera estar descansado e sem dor nas costelas para falar sobre os mistérios da cavalaria andante, meu amigo! Se não vingar as ofensas, não poderá governar ilha nenhuma.

– Quisera ter esse entendimento, senhor. Mas hoje prefiro um bálsamo à sabedoria. Vamos ver se sou capaz de colocar o Rocinante de pé. Embora ele não mereça, pois foi quem nos meteu nesta briga.

Com muito cuidado, o escudeiro conseguiu erguer o cavalo e ajudar o amo a montá-lo. Em seguida, subiu no jumento. E, com as costas moídas pelas pancadas, os dois homens voltaram à estrada e retomaram sua jornada de aventuras.

9 DOIS EXÉRCITOS DE OVELHAS

DEPOIS DE UMA NOITE TERRÍVEL passada numa estalagem, onde se envolveram em outra briga e mais uma vez saíram derrotados, Dom Quixote e o escudeiro acordaram num estado físico lastimável. O fidalgo se julgava vítima de feitiçaria. Sancho tinha outra opinião.

– Para mim, estamos apanhando de homens de carne e osso, não de fantasmas, senhor. Até agora, essa tal cavalaria andante só nos deu problemas. Em minha opinião, o melhor é voltarmos à nossa terra para cuidar da fazenda. É época de colheita.

– Você sabe tão pouco sobre a cavalaria andante, Sancho! – exclamou Dom Quixote. – Um dia, entenderá que não existe prazer maior do que vencer uma batalha e triunfar sobre o inimigo!

– Pode ser que sim, senhor. Mas por enquanto só levamos murros e bordoadas. Ainda não tivemos o prazer de vencer. Bem... só uma vez, sobre o biscainho, o criado da dama da carruagem, mas mesmo assim meu senhor saiu com a orelha sangrando.

Dom Quixote foi obrigado a concordar. Sim, tinham passado maus bocados. Mas um dia seriam recompensados, garantiu. O fidalgo começou a consolar seu escudeiro e acabou consolando a si mesmo. Reviveu feitos heroicos que lera nos romances: vitórias impossíveis, feiticeiros e dragões derrotados, amores de lindas princesas e outras glórias, que ele depositaria aos pés de sua amada Dulcineia, quando as conseguisse. A paisagem ao redor era belíssima e o ânimo dos viajantes foi melhorando.

Estavam no alto de uma colina quando uma nuvem de poeira surgiu no horizonte. Sancho entendeu tratar-se de um rebanho de ovelhas. Os olhos do fidalgo enxergaram algo bem diferente.

– Vê a poeirada que ali se levanta, Sancho? É um exército poderosíssimo, formado de vários povos, que ali vem marchando.

– Então são dois exércitos, senhor – observou o escudeiro. – Porque do lado contrário também se levanta poeira semelhante.

Dom Quixote constatou que era verdade e ficou felicíssimo. Sim, havia poeira do outro lado também! Eram dois exércitos que vinham encontrar-se e pelejar no meio daquela espaçosa planície!

A poeira os deixava invisíveis, até que se aproximaram mais. Sancho confirmou sua impressão: eram dois grandes rebanhos de carneiros e ovelhas vindos de partes diferentes. Mas Dom Quixote afirmava com tanta convicção serem dois exércitos que o escudeiro começou a duvidar de si mesmo e a dar crédito ao cavaleiro.

– Que havemos de fazer, meu amo?

– Como? Então não sabe? Vamos esperar que eles pelejem e tomaremos o partido dos mais fracos! Veja, Sancho, deste lado está o imperador Alifanfarrão, senhor da Ilha Trapobana. À frente do outro exército vem seu arqui-inimigo, rei dos garamantas. O nome dele é Pentapolim de Manga Arregaçada, pois sempre entra em combate com o braço direito descoberto.

– E por que lutam esses senhores? – quis saber Sancho.

– Porque Alifanfarrão é pagão e está apaixonado pela filha de Pentapolim, uma graciosa jovem, que é cristã. Como condição para lhe dar a mão da filha o pai impôs que ele adote a fé cristã.

– Por minhas barbas! – exclamou Sancho. – Pentapolim faz muito bem. Hei de ajudá-lo no que puder.

– Sim, Sancho. Pois para entrar numa batalha como esta não é preciso ser armado cavaleiro – explicou Dom Quixote.

Subiram a um ponto mais alto para ver melhor o espetáculo. Nessa hora os dois rebanhos se encontraram, formando um só. Sancho caiu em si e confessou, cabisbaixo:

– Ai, meu senhor, não estou vendo nada do que disse. A única coisa que vejo são ovelhas e pastores...

– Como pode dizer tal coisa? Então não ouve o relinchar dos cavalos, o tocar dos clarins, o rufar dos tambores?

– Só ouço balidos de carneiros...

– O medo faz que não ouça nem veja, amigo. O medo perturba os sentidos e faz as coisas parecerem o que não são. Pois fique aqui mesmo e me deixe ir à luta, que sozinho vencerei!

Dom Quixote esporeou Rocinante e galopou como um raio em direção ao rebanho, sem dar ouvidos a Sancho, que gritava:

– Volte, meu senhor! Juro que são carneiros e ovelhas os que vai atacar! Não existem exércitos nem gigantes, senhor!

O fidalgo não lhe deu a menor atenção e avançou pelo meio do rebanho, provocando enorme confusão. Os pastores gritavam que parasse, mas ele seguia distribuindo pancadas, espantando e ferindo os animais com sua lança. Enfurecidos, os pastores tiveram a ideia de atirar pedras no agressor para detê-lo.

Dom Quixote não fez caso da saraivada de pedras. Correndo de um lado a outro, continuava dando vivas a Alifanfarrão. De repente, um pedregulho atingiu-lhe a boca. Vários dentes voaram longe e um jorro de sangue cobriu seu rosto. O fidalgo escorregou do cavalo e caiu no chão, entre as ovelhas. Os pastores julgaram que estivesse morto. Trataram de recolher as sete ovelhas abatidas na batalha e fugiram depressa, deixando o maluco sangrando.

– Ó senhor, eu não disse que eram ovelhas e não um exército o que ia atacar?! – acudiu Sancho Pança, desesperado.

– Não percebe que, se fossem ovelhas, eu não estaria neste estado? – O fidalgo falava com dificuldade devido aos ferimentos. – O Maligno, invejoso das minhas glórias, transformou o exército em um rebanho de carneiros. Se quer a prova, Sancho, monta no seu asno e segue-os de longe. Vai ver como os animais voltaram a ser soldados. Mas antes me ajude, veja se me sobrou algum dente...

Sancho desistiu de argumentar com o amo. Pegou o unguento para curar-lhe as feridas e apenas balançou a cabeça, pesaroso.

10
O CAVALEIRO DA TRISTE FIGURA

AMARGANDO MAIS ESSA DERROTA, Dom Quixote e seu escudeiro andaram sem rumo pelos campos. O fidalgo estava inconsolável com a perda dos dentes. Sancho nunca o vira tão abatido.

– Desventurado de mim! Preferia que me tivessem arrancado um braço, pois a boca sem dentes é como moinho sem pedra. Um dente vale muito mais que um diamante – dizia, choroso.

Não demorou, porém, para que recobrasse o ânimo. Depois de certo tempo de caminhada, Dom Quixote já falava de outro jeito.

– Sabe, Sancho, todas estas borrascas que nos sucederam são sinais de que em breve hão de nos ocorrer coisas boas, porque nem o mal nem o bem duram para sempre. Se o mal está durando muito, isso quer dizer que o bem está próximo de acontecer.

Nessa hora, o escudeiro percebeu que seus alforjes tinham sido roubados durante a luta. O amo e ele não tinham nada para comer. Andaram por todo o dia, esperando em vão encontrar uma hospedaria onde pudessem se alimentar e descansar. Ao cair da noite, famintos e exaustos, viram surgir na estrada muitas luzinhas vindo ao encontro deles, como se fossem estrelas andantes.

– Sinto que vamos viver uma grande e perigosa aventura, meu amigo! – Dom Quixote se recuperou do abatimento.

– Pobre de mim! – Sancho desabafou. – Se forem fantasmas, como está parecendo, não tenho mais costelas que aguentem!

A multidão de luzes se aproximava. Sancho bateu os dentes de medo. Dom Quixote, ao contrário, encheu-se de coragem.

– Peço que, apesar de tudo, seja valente, pois experiência tenho eu o bastante! Saberei o que fazer!

Os dois se afastaram para a margem da estrada e esperaram. Daí a pouco, apareceram vinte cavaleiros montados em mulas, todos vestidos de negro, segurando tochas acesas. Atrás deles vinha uma liteira coberta por um pano preto e seguida por mais seis cavaleiros de luto, rezando baixinho. Aquela marcha fúnebre num lugar tão deserto, em plena noite, era assustadora.

A cabeça de Dom Quixote embarcou em nova viagem. Em sua imaginação, na padiola havia um homem ferido ou morto, que ele precisava vingar. Firmou-se na cela, empunhou a lança e gritou:

– Alto lá, cavaleiros! Quero saber quem são, de onde vêm e o que levam nessa padiola!

– Estamos com pressa – respondeu um dos cavaleiros, sem se deter. – Não temos tempo para responder a tantas perguntas.

Dom Quixote ofendeu-se com a resposta e agarrou as rédeas do animal que o homem montava, obrigando-o a parar.

– Responda educadamente ou terá de batalhar comigo!

O cavalo, assustado, deu um pinote e derrubou o cavaleiro no chão. Um outro cavaleiro gritou uma injúria. Dom Quixote avançou, abatendo-o também. Empolgados, ele e Rocinante atiraram-se contra os demais e puseram-se a dar golpes a torto e a direito. Os cavaleiros, que eram de paz e não esperavam por aquilo, foram caindo um a um e derrubando as tochas, deixando tudo no escuro. Por fim, acreditando serem vítimas de um ataque do demônio, que viera lhes roubar o defunto, fugiram.

Sancho Pança assistia a tudo, admirando a audácia do amo. Estava entusiasmado! Dom Quixote era, sim, um cavaleiro valente e poderoso! Talvez os tempos ruins tivessem passado e agora só os aguardassem prazeres e glórias, como o patrão lhe dissera.

Orgulhoso pela vitória, o fidalgo aproximou-se de um cavaleiro caído, que não conseguira fugir, e ameaçou-o com sua espada, intimando-o a render-se, senão o mataria. O homem respondeu:

– Rendido estou, senhor. Tenho uma perna quebrada e não posso me mover. Peço que não me mate, pois cometerá um sacrilégio. Sou apenas um religioso, já fiz os primeiros votos...

– O que diz? – surpreendeu-se Dom Quixote. – Se é um padre, o que faz aqui?

– Chamo-me Afonso López e venho da cidade de Baeza com doze sacerdotes, que são os que fugiram com as tochas. Vamos a Segóvia, levando um defunto para ser sepultado.

– Quem o matou? – perguntou Dom Quixote.

– Morreu de umas febres. Foi a vontade de Deus.

– Ainda bem. Desse modo, livrou-me Nosso Senhor de vingar a morte dele, se outro o tivesse matado. Quero que saiba que sou o famoso Dom Quixote de la Mancha, cujo ofício é andar pelo mundo endireitando os errados e corrigindo as injustiças.

– Pois me parece que desta vez se enganou – disse o infeliz. – Não consigo me levantar, senhor. – Pode me ajudar?

O fidalgo mandou Sancho Pança se encarregar disso, o que ele fez, mas só depois de recolher os despojos da batalha: alforjes carregados de alimentos que os fugitivos tinham deixado para trás. O escudeiro não cabia em si de alegria e recomendou ao vencido:

– Se perguntarem quem pôs sua comitiva para correr, diga que foi o valoroso Dom Quixote de la Mancha, o Cavaleiro da Triste Figura, a quem tenho a honra de servir.

Dom Quixote ficou surpreso ao ouvir o título e quis saber de onde o escudeiro o tirara, já que ele jamais o usara.

– Quando vi meu amo lutar à luz das tochas, sem dentes na boca, todo arrebentado, pareceu-me um cavaleiro de triste figura – respondeu Sancho. – Por isso o batizei assim.

– Pois muito me agrada ser o Cavaleiro da Triste Figura – confessou Dom Quixote. – De hoje em diante adotarei essa alcunha, e, para que todos saibam, determino que pinte no meu escudo a figura de um cavaleiro muito triste.

– Nem é preciso – replicou o escudeiro. – Basta que mostre o rosto e garanto que todos vão chamá-lo de Triste Figura.

Dom Quixote riu do gracejo de Sancho e desde então passou a apresentar-se ao mundo como o Cavaleiro da Triste Figura.

11
LIBERDADE PAGA COM INGRATIDÃO

FELIZES COM A NOVA AVENTURA, em que por milagre tudo tinha dado certo para eles, o fidalgo e o escudeiro seguiram tranquilamente pela estrada. Estavam cansados. Escolheram um lugar bonito para repousar. Estendidos sobre a relva, fizeram uma farta refeição com as provisões dos padres e adormeceram.

De repente, começou a chover. Os dois homens montaram nos cavalos, pensando em procurar abrigo num moinho próximo. Um barbeiro, que percorria as aldeias atendendo clientes, vinha em sentido contrário. Por causa da chuva, protegera a cabeça com sua bacia de trabalho. Dom Quixote viu o objeto brilhando e não teve dúvida: tratava-se do Elmo de Mambrino, valioso capacete sobre o qual ele acreditava ter feito seu juramento de cavaleiro.

Avançou contra o barbeiro e exclamou:

– Defenda-se, mísera criatura, ou entregue-me agora mesmo o Elmo de Mambrino que me pertence!

O pobre barbeiro assustou-se, caiu da montaria e saiu dali correndo. A bacia rolou no chão. Dom Quixote a pegou e colocou na cabeça. Ficou folgada. O fidalgo deduziu que Mambrino tinha a cabeça grande demais. Sancho começou a dar risada.

– De que ri, Sancho? – quis saber Dom Quixote.

– Ou muito me engano ou isto é uma bacia de barbeiro!

Irritado, o amo respondeu que ele nunca seria um escudeiro à altura do grande Dom Quixote. Cavalgaram em silêncio por um bom tempo. Mas logo um acontecimento viria ao encontro deles.

Ao longe, prisioneiros em fila, acorrentados uns aos outros e vigiados por guardas armados, aproximavam-se em marcha lenta. Eram homens condenados a trabalhos forçados. Tinham de remar nas galés por ordem do rei da Espanha, explicou Sancho Pança.

– Quer dizer que eles estão sendo conduzidos à força? – Dom Quixote quis ter certeza.

– Sim, mas porque cometeram crimes, patrão.

O fidalgo levou em conta a explicação, pois cumprimentou respeitosamente os guardas e perguntou-lhes quais os delitos que os prisioneiros haviam praticado.

– Pergunte a eles mesmos – respondeu um dos guardas, de mau humor. – Não temos tempo a perder.

Dom Quixote não esperou segunda ordem. Aproximou-se de cada homem, fez a pergunta e assim ficou sabendo que os crimes eram variados: um havia roubado um baú de roupas, outro era acusado de feitiçaria, outro de arruaças, outro se dizia inocente de tudo, tendo confessado sob tortura, e assim por diante.

Dom Quixote considerou as penas severas demais: cinco, dez anos de trabalho nas galés acabavam com qualquer pessoa. Os prisioneiros, percebendo a compaixão dele, exibiam seu sofrimento exagerando nos gemidos e lágrimas. O fidalgo chegou a tirar uma moeda do bolso e a deu a um deles.

O último condenado era um jovem de boa aparência, com cerca de trinta anos de idade. Estava mais fortemente acorrentado que os demais, ia com as mãos algemadas e com reforço nos pés e no pescoço. Dom Quixote quis saber a razão. O guarda satisfez sua curiosidade:

– Sozinho, cometeu mais crimes que todos os outros juntos. E é tão atrevido que, mesmo com tantas correntes, tememos que ele se solte e fuja. É o famoso Ginês de Passamonte...

– Não admito que diga o meu nome nem fale sobre meus atos – reclamou o prisioneiro. – Todos saberão de minhas façanhas um dia, quando meu livro for publicado. Eu o escrevi no cárcere.

– Quer dizer que escreveu um livro? – surpreendeu-se o fidalgo. – Parece inteligente, rapaz.

– E também infeliz e injustiçado... – completou o preso.

Dom Quixote estava impressionado. E tomou uma decisão.

– Soltem esses desgraçados! – ordenou aos guardas. – Um homem não pode julgar outro homem. Só Deus tem esse poder!

– Que brincadeira é essa? Quer que soltemos os presos do Rei, como se tivéssemos autoridade para isso? Quem pensa que é, para nos dar ordens? Tire esse penico da cabeça e dê o fora!

Ouvir chamar o Elmo de Mambrino de penico foi a gota d'água para o fidalgo. Arremeteu a espada contra o guarda num gesto tão rápido que o derrubou. Pegos de surpresa, os outros demoraram a reagir, o que deu tempo a Sancho para livrar Ginês de Passamonte das correntes. Este, mais que depressa, soltou os outros prisioneiros enquanto os guardas fugiam em desespero.

Passado o tumulto, Dom Quixote chamou os homens que havia libertado. Eles o rodearam e esperaram suas ordens.

– Em troca da liberdade que lhes dei, eu, o Cavaleiro da Triste Figura, nada exijo para mim. Tudo o que quero é que se apresentem diante da senhora Dulcineia, na cidade de Toboso, e lhe contem tudo o que fiz para libertá-los – disse o fidalgo.

Os homens se entreolharam, pensando a mesma coisa. Ginês de Passamonte falou em nome de todos.

– O que nos ordena, senhor, é impossível de cumprir. Se sairmos juntos pelas estradas, seremos pegos pelas autoridades. O melhor é nos separar e sumir, cada um para um lado. Não pode trocar o pedido por outro, como rezar ave-marias e padre-nossos?

– Se não podem ir todos, então irá somente você, Ginês de Passamonte! – indignou-se Dom Quixote.

Não era à toa que aquele homem mantinha a fama de esperto e hábil. Ele se virou rapidamente para os companheiros e deu-lhes uma ordem em voz baixa. Dali a minutos, uma saraivada de pedras desabou sobre Sancho Pança e Dom Quixote, atingindo também os animais. As quatro criaturas foram arremessadas ao chão e por lá ficaram, desmaiadas. Os prisioneiros fugiram, deixando para trás os cavaleiros feridos, desiludidos e frustrados.

Pelas leis da cavalaria, um dos maiores pecados humanos era a ingratidão. Como poderiam aqueles homens pagar com o mal todo o bem que haviam recebido?

– Da próxima vez ouvirei seus conselhos, meu bom amigo Sancho. Não deveria ter libertado estes vilões – disse Dom Quixote.

– Assim espero. Embora não acredite que o fará.

12 ARMADILHAS PARA LEVAR O FIDALGO DE VOLTA

COM MEDO DE SEREM PEGOS PELA justiça por terem soltado os prisioneiros, Dom Quixote e Sancho Pança decidiram desaparecer por uns tempos. Embrenharam-se em Serra Morena, área de difícil acesso onde planejavam ficar até as coisas se acalmarem.

Quis o destino, porém, que Gilês de Passamonte tivesse a mesma ideia. Enquanto o escudeiro e seu amo dormiam, o fugitivo roubou o asno de Sancho Pança e fugiu sem deixar rastro. Quando acordou, Sancho ficou desesperado. O que fazer sem a montaria?

Dom Quixote, que tinha sonhado com Dulcineia a noite toda, encontrou a solução. Mandou o criado montar no velho Rocinante e partir para casa, levando duas cartas: em uma havia um poema a ser entregue à amada; a outra era para sua sobrinha, com a ordem de dar a Sancho três animais. Enquanto isso, ele, Dom Quixote, ficaria descansando ali na serra.

Sancho se pôs a caminho. Não havia andado muito quando teve uma surpresa: encontrou o padre e o barbeiro de sua aldeia numa venda da estrada. A sobrinha de Dom Quixote, preocupada com o sumiço do tio, pedira aos dois que o procurassem. Fazia tempo que eles vagavam pela região em busca do fidalgo.

– Onde está ele? Você sabe! Talvez até o tenha matado!

Diante de acusação tão grave, o escudeiro contou-lhes toda a verdade. Falou, inclusive, sobre a missão que o amo lhe dera. Para confirmar sua palavra, quis mostrar as cartas que levava. Procurou, procurou... e nada! Tinha perdido as cartas! Ficou desnorteado.

O padre e o barbeiro o consolaram. O importante, disseram, era inventar um plano para levar Dom Quixote de volta. Para isso, a ajuda de Sancho seria preciosa. Depois de pensar muito, os três decidiram atrair o fidalgo apelando para sua honra de cavaleiro.

Combinaram dizer-lhe que uma bela donzela se perdera na floresta e precisava da proteção dele para voltar ao castelo. O barbeiro se vestiria de mulher para fingir ser a jovem, e o padre faria o papel de criado dela. Mas nem foi preciso levar a farsa tão longe, pois, no caminho de volta à serra, cruzaram com uma camponesa chamada Doroteia, que concordou em ajudá-los.

O grupo encontrou Dom Quixote em estado lastimável. Morto de fome, febril e exaltado, continuava chamando por Dulcineia. Com o maior cuidado, Sancho explicou-lhe que uma jovem desamparada estava ali em busca de um favor. A camponesa atirou-se aos seus pés, implorando:

– Ó valoroso cavaleiro, de joelhos lhe peço a gentileza de escoltar-me até o castelo de minha família. Estou sendo perseguida por gigantes, e ninguém melhor para liquidá-los do que Dom Quixote de la Mancha! Ponho-me sob sua guarda e proteção!

Conforme o esperado, o fidalgo mordeu a isca direitinho.

– Sim, formosa princesa, pode contar comigo! O Cavaleiro da Triste Figura jamais abandonaria uma donzela em perigo!

Estava tão fraco que mal conseguiu se levantar. Os homens o ampararam e o ajudaram a subir em Rocinante. E logo pegaram a estrada, chegando à noitinha numa estalagem onde pretendiam comer e dormir. Tudo parecia ir bem, mas, depois do jantar, Dom Quixote fez mais uma das suas.

Acreditando que estavam nas terras do pai da donzela, surgiu vestindo sua armadura e comunicou solenemente que ia montar guarda no castelo durante toda a noite, para que as pessoas dormissem tranquilas. E assim fez. Esporeou Rocinante e começou a rondar à volta da estalagem, perdido em delírios. De madrugada, por pura maldade, alguns hóspedes o imobilizaram, amarrando as rédeas do animal numa janela. Nessa situação ridícula e incômoda é que o fidalgo foi encontrado na manhã seguinte.

Era preciso buscar outra estratégia para levá-lo para casa. O padre e o barbeiro resolveram prendê-lo, mas justificando o gesto com uma história convincente. Compraram uma jaula e a puseram em cima de um carro de bois. Enquanto Dom Quixote tirava uma soneca, homens encapuzados amarraram suas mãos e pés e o jogaram na jaula. Um deles falou em tom solene:

– Ó bravo Cavaleiro da Triste Figura, perdoe-nos por esta incômoda situação. Asseguro-lhe, porém, por parte da Sábia das Montanhas, que estamos a serviço do bom desempenho de sua missão. Confie em nós e será vitorioso!

Dom Quixote, com a imaginação a mil, concluiu que a punição tinha a finalidade de purificá-lo para receber a mão de Dulcineia em casamento. Assim, não mostrou objeção em viajar daquela maneira.

Percorreram sem problemas boa parte do caminho. Tudo parecia tão tranquilo que, no dia seguinte, Sancho pediu licença ao padre para soltar seu amo por alguns momentos. A comitiva parou às margens de um riacho, sob a sombra de frondosas árvores.

– Se me garante que ele não vai fugir... – concordou o cura.

O próprio Dom Quixote prometeu que não o faria. Todos lancharam e tiraram um cochilo. De repente, ouviram, ao longe, uma cantoria aproximando-se cada vez mais. Era uma procissão de camponeses religiosos que seguiam até uma capela próxima. Entoando cantos e orações, pediam a Deus que trouxesse chuva, pois a seca estava matando suas plantações.

Dom Quixote interpretou o evento de outro jeito. Correu para Rocinante, montou-o e partiu a galope, espada em punho, berrando ameaças e desatinos. Diante da procissão, barrou-lhe o caminho.

– Alto lá! Sou Dom Quixote de la Mancha, o Cavaleiro da Triste Figura. Exijo que libertem a princesa que levam presa! Não permitirei que prossigam antes de entregá-la!

Os camponeses se irritaram com aquele maluco no meio da estrada. Um deles saiu da procissão e golpeou Dom Quixote com o cajado. Ele revidou com a espada, quebrando o bastão em vários pedaços. O homem aplicou-lhe um murro violento, derrubando-o do cavalo, e continuou batendo no fidalgo até ele não se mover mais.

Pensando que seu amo estivesse morto, Sancho debruçou-se sobre o "corpo", chorando muito. Foi quando ouviu um pedido:

– Ajude-me a voltar ao carro encantado, meu fiel escudeiro. Querem os bruxos que eu ali viaje, preso e humilhado, para obter a graça da mão da doce Dulcineia em casamento.

– Eu o ajudarei de muito boa vontade – respondeu Sancho.

13
DOM QUIXOTE RETORNA À SUA ALDEIA

NO FIM DE SEIS DIAS, AO MEIO-DIA de um domingo, chegaram à aldeia de Dom Quixote. Havia muita gente na rua. O fidalgo fora tirado da jaula e vinha deitado num monte de feno, sobre o carro de bois, acompanhado pelo padre, pelo barbeiro e pelo escudeiro. Todos na vila reconheceram sua figura magra e abatida e correram para contar a novidade à criada e à sobrinha.

– Valha-nos Deus! – exclamaram as duas mulheres, aliviadas, maldizendo mais uma vez os livros de cavalaria.

E apressaram-se a ir ao encontro do tio e amo, recebendo-o com amor e carinho. Tiraram-lhe as roupas sujas e o deitaram na antiga cama, levando-lhe caldos e cercando-no de cuidados. Dom Quixote olhava para elas com o olhar atravessado, como se não entendesse onde estava. Quando as duas souberam que ele viera numa jaula, ficaram horrorizadas. E prometeram seguir as recomendações do padre de vigiá-lo bem, para evitar que fugisse quando se fortalecesse. Perigo, aliás, que não era infundado...

A notícia da vinda de Dom Quixote espalhou-se depressa. A mulher de Sancho nem esperou o marido chegar em casa. Pensou que ele tivesse voltado rico e veio encontrá-lo na casa do fidalgo.

– Louvado seja Deus que está de volta, amigo! Diga-me: que benefícios ganhou com esse trabalho? Quantas roupas e sapatos trouxe para mim e para seus filhos?

– Não trago nada disso, mulher – replicou Sancho. – Mas trago outras coisas muito mais importantes.

– Muito me alegra! Quero vê-las, para que meu coração, que viveu tão triste durante sua ausência, se encha de júbilo.

– Terá de esperar até a próxima aventura. Serei governador de uma ilha... Não de uma ilha qualquer, e sim de uma grande ilha.

Aquilo aguçou o interesse da esposa e lhe acendeu a cobiça.

– Que história é essa de ilha?

– No tempo certo saberá. Como mulher do governador, terá a honra de ser chamada de senhora por muitos vassalos.

Durante um mês, Dom Quixote recuperou a saúde em casa, zelado com dedicação pela sobrinha e pela criada. O padre e o barbeiro deixavam-lhe alimentos tonificantes para o coração e o cérebro – onde, acreditavam, sua loucura se originava. Mas evitavam ir vê-lo para não lhe trazer más recordações da viagem.

Quando a sobrinha garantiu-lhes que o tio estava curado dos delírios, eles foram visitá-lo. Dom Quixote recebeu os amigos sentado na cama, com bom aspecto físico, e parecia estar em seu juízo perfeito. Comentaram as notícias, falaram sobre vários assuntos. As opiniões do fidalgo eram lúcidas e sensatas.

Para fazer o teste final da sanidade, o padre tocou num tema que vinha provocando muitas discórdias.

– Diz-se na corte que os turcos se aproximam da nossa costa com uma grande esquadra – contou. – Sua Majestade colocou a cristandade em alerta e mandou reforçar as defesas de Nápoles, da Sicília e da ilha de Malta.

– Sua Majestade age como um guerreiro prudente – opinou Dom Quixote. – Mas, além dessas, precisa tomar outra medida. É o que eu lhe direi se ele pedir meu conselho...

– Que medida seria essa? – quis saber o padre.

– Não posso contar, senão a ideia se alastra. – disse Dom Quixote, muito sério.

– Lembre-se de que sou um sacerdote e fiz o juramento de guardar segredos.

O fidalgo coçou a cabeça, pensou um pouco e concordou.

– É verdade... Pois eu diria a Sua Majestade para reunir todos os cavaleiros andantes da Espanha. Mesmo que só meia dúzia deles viesse, um sozinho destruiria a esquadra turca inteira.

O padre e o barbeiro se entreolharam e abanaram a cabeça, desolados. A sobrinha deu um longo suspiro:

– Ai, meu Jesus! Esse homem não tem mais jeito...

O padre e o barbeiro foram obrigados a lhe dar razão.

– É preciso vigiá-lo bem. Todo cuidado é pouco. Não demora e ele tentará partir para novas maluquices outra vez...

SEGUNDA PARTE

1
EM BUSCA DA DOCE DULCINEIA DEL TOBOSO

NESSA ALTURA DOS ACONTECIMENTOS, a fama de Dom Quixote já havia corrido toda a Espanha. De norte a sul do país, as aventuras do cavaleiro andante eram repetidas de boca em boca. Um dia, circulou a notícia de que as histórias não eram só contadas: elas haviam sido escritas também! Quem era o autor? Ninguém sabia. Mas o fato é que o livro *O engenhoso fidalgo Dom Quixote de la Mancha* estava sendo vendido até nas províncias mais distantes.

Certa manhã, Sancho Pança chegou à casa do fidalgo para lhe dar uma notícia importante, porém a criada e a sobrinha não queriam deixá-lo entrar. Achavam que ele era um dos culpados pela loucura do cavaleiro e temiam que fosse lhe enfiar ideias tortas na cabeça outra vez. O escudeiro ficou revoltado:

– Ele é que quase me deixou louco com suas ordens! Levou-me de casa, afastou-me da minha família, prometeu me dar uma ilha e até agora não sei o que é isso... Por enquanto só apanhei...

– Não seja injusto, Sancho! – disse Dom Quixote lá de dentro, obrigando as duas mulheres a permitir a entrada dele. – Sabe muito bem que saímos juntos, e juntos peregrinamos atrás das mesmas aventuras. Não foi só você que apanhou, eu também.

A notícia que Sancho trazia era bem interessante:

– Na noite passada chegou o filho de Bartolomeu Carrasco, que estudava em Salamanca, onde se formou. Fui dar-lhe as boas vindas e ele contou ter lido o livro *O engenhoso fidalgo Dom Quixote de la Mancha*. Disse que eu também apareço na história, como Sancho Pança, e que até o nome da senhora Dulcineia del Toboso está lá. Eu me benzi, espantado, sem entender como pôde o historiador saber das coisas por que nós passamos...

– Asseguro-lhe, Sancho, que o autor deve ser algum sábio feiticeiro. A eles nada escapa – disse Dom Quixote, coçando o queixo. – Gostaria de falar com o estudante. Como ele se chama?

– Sansão Carrasco, meu amo. Se quiser, posso ir buscá-lo.

– Faça isso, meu bom escudeiro.

Trazido à casa do fidalgo, o estudante confirmou o que havia dito. Conversaram longamente e Dom Quixote confirmou detalhes de suas andanças que o rapaz lera no tal livro, mas os dois não chegaram à conclusão sobre quem o havia escrito. O resultado mais concreto do encontro foi que o fidalgo, empolgado com a fama de seus feitos, resolveu antecipar a nova partida.

Sim, pois o padre, o barbeiro, a criada e a sobrinha tinham razão em se preocupar. No tempo em que ficou na cama, o fidalgo não deixou de pensar um só dia em prosseguir com as aventuras. Na terceira visita que lhe fez Sancho, acertaram a data, prepararam os alforjes e muniram-se do material necessário, inclusive dinheiro. E, num belo dia, saíram de madrugada, felizes e contentes, levados por Rocinante e pelo jumento do escudeiro. Desta vez, iriam primeiro a Toboso, pois Dom Quixote queria ver sua amada pessoalmente.

Chegaram à cidade em dois dias. Era meia-noite e todos por ali dormiam. Sancho Pança, antevendo complicações, convenceu o amo que era melhor esperarem num bosque próximo até amanhecer.

– Não vejo a hora de pedir a bênção de minha doce Dulcineia antes de partirmos para esta perigosa aventura. Leve-me até seu palácio, Sancho – ordenou o fidalgo na manhã seguinte.

O escudeiro precisava encontrar uma desculpa à altura da situação. Sabia que Dulcineia era uma pobre camponesa, que sua casa era uma choça e seu nome era Aldonça Lourenço. Andaram pelas ruelas da cidade procurando o castelo. De vez em quando, Dom Quixote perguntava a algum morador sobre o endereço da dama. Ninguém a conhecia. Depois de rodarem por longo tempo, Sancho propôs que o patrão o esperasse na entrada da vila. Ele ia procurar o palácio e prevenir Dulcineia sobre sua ilustre visita.

– Segue seu caminho – concordou o amo. – Aqui esperarei. Você será meu embaixador junto à senhora da minha alma.

Sancho Pança deu voltas e mais voltas durante todo o dia. Nenhuma ideia lhe vinha à cabeça. Ao cair da tarde, resolveu voltar ao lugar combinado e ver como o amo estava. No caminho ele viu três camponesas, montadas em burricos, retornando das compras na cidade. O escudeiro sentiu sua imaginação criar asas e voar.

– Trago boas novidades, senhor – anunciou a Dom Quixote. – Sua amada Dulcineia aproxima-se na companhia de duas criadas.

– Santo Deus! Que diz, amigo Sancho? – bradou o fidalgo. – Olha, não me engane, nem queira me dar esperanças falsas.

– Que lucraria eu em enganá-lo, senhor?

Assim dizendo, Sancho conduziu o patrão ao local. As aldeãs chegavam. Dom Quixote olhou para todos os lados, e, como só visse a elas, perguntou a Sancho onde estava Dulcineia.

– Como assim? Não a vê cavalgando em nossa direção?

– Só vejo três lavradoras com três burricos – ele respondeu.

– Não é possível que não reconheça a senhora!

Inesperadamente, Sancho barrou o caminho das três aldeãs, desceu do cavalo, segurou a montaria de uma delas pelo cabresto e ajoelhou-se no chão, exclamando:

– Ó rainha e duquesa da formosura, tenha a grandeza de receber o seu cativo cavaleiro, que ali está perturbado por ver-se diante da senhora! Sou o escudeiro Sancho Pança e ele é o famoso Dom Quixote de la Mancha!

O fidalgo ajoelhou-se também. Mas, por mais que tentasse, não conseguia ver senão três mulheres robustas, grosseiras e mal-vestidas, com as mãos e a pele maltratadas pelo trabalho.

– Saiam do caminho, pelos diabos, e deixem-nos passar, que estamos com pressa! – gritou a aldeã.

– Vamos embora, meu bom Sancho – Dom Quixote se levantou. – Acabo de entender o que aconteceu. Mais uma vez fui traído pela sorte. Aquele sábio feiticeiro que me persegue transformou Dulcineia e suas criadas em três rústicas aldeãs. Ó, pobre de mim! Sou o mais desgraçado dos cavaleiros andantes!

Sancho Pança achou melhor deixar as coisas desse jeito e deu passagem às camponesas, que esporearam seus burricos e se afastaram, soltando um monte de desaforos.

2
DOM QUIXOTE VENCE O CAVALEIRO DO BOSQUE

TRISTE E FRUSTRADO, O FIDALGO cavalgou por algum tempo sem rumo certo. Por fim, contou a Sancho seu maior temor.

– E se o feiticeiro fez o mesmo com Dulcineia? E se me transformou a seus olhos num homem magro e feio, com as roupas rasgadas e montado num jumento velho e cansado?

Sancho entendia a tristeza do patrão. Ficou em silêncio. Sabia que o melhor remédio para sua dor era uma nova aventura, da qual saísse vitorioso. E quis o destino que assim acontecesse.

Estavam os dois repousando sob a sombra de umas árvores quando dois cavaleiros se aproximaram e pediram permissão para apear. Pelas suas roupas e armas, Dom Quixote suspeitou que eles também fossem da cavalaria andante. Ficou de olho, enquanto a dupla se instalava a certa distância e um dos homens, dedilhando uma guitarra, começou a cantar um soneto de amor.

– É um cavaleiro andante e está apaixonado! – concluiu o fidalgo, empolgado. – Ele sofre por amor, como eu!

Embora a voz do rapaz não fosse tão bonita, transmitia emoção. A letra da canção falava das penas dos cavaleiros, que andavam sem descanso por ásperos caminhos, tendo como único consolo a paixão da amada distante. A certa altura, porém, Dom Quixote ouviu uma frase que o tirou do sério: segundo o cantor, cavaleiros de todas as províncias eram obrigados a prestar homenagens à sua amada, Cassildeia de Vandália. Inclusive os cavaleiros da Mancha!

– Alto lá! – protestou o fidalgo, em voz alta. – Eu sou um cavaleiro da Mancha e nunca obedeci a essa dama!

O estranho se aproximou e perguntou quem ele era. Trocaram cumprimentos e se identificaram como cavaleiros andantes. O outro também viajava com um escudeiro, que fez amizade com Sancho Pança. Os dois criados se afastaram para comer e beber, deixando os senhores à vontade. Dom Quixote e o Cavaleiro do Bosque – como o fidalgo o batizou – contaram um ao outro seus feitos, cada qual exagerando mais nas vitórias e nos amores que conquistaram.

– Venci tantos cavaleiros famosos que perdi a conta – disse o recém-chegado. – Mas a glória que carrego com mais prazer é a de ter vencido, em singular batalha, o mais valente dos cavaleiros da Espanha, Dom Quixote de la Mancha, forçando-o a confessar que a minha Cassildeia é mais formosa que a sua Dulcineia.

O fidalgo ficou tão admirado que teve de se controlar para não desmascará-lo. Como estratégia de combate, preferiu dar mais corda para que ele se enforcasse por sua própria conta.

– Que o senhor tenha vencido os demais cavaleiros da Espanha, e até do mundo, não posso contradizê-lo, mas ponho em dúvida que tenha vencido Dom Quixote de la Mancha. Talvez fosse algum outro, parecido com ele.

– Como não? Juro que pelejei com Dom Quixote, forçando-o a render-se. É um homem alto, magro, grisalho, de nariz fino e um pouco curvo, bigodes grandes, negros e caídos. É conhecido por Cavaleiro da Triste Figura e tem por escudeiro o lavrador Sancho Pança. Seu cavalo é o famoso Rocinante, e a dama de seu destino é uma tal de Dulcineia del Toboso, chamada outrora de Aldonça Lourenço. Foi inspirado nela que batizei Cassilda da Andaluzia de Cassildeia de Vandália.

O fidalgo não resistiu mais. Adiantou-se e revelou:

– Pela descrição tão precisa que me deu dele, não duvido que um feiticeiro tenha tomado a forma de minha pessoa. Pois aqui tem diante de você o verdadeiro Dom Quixote de la Mancha! – disse, com a voz calma e serena, já se pondo de pé e empunhando a espada, desafiando o Cavaleiro do Bosque para uma peleja.

O outro aceitou o desafio imediatamente.

– Se eu venci a cópia de Dom Quixote de la Mancha, não há por que não vença ele próprio, em pessoa! – garantiu ele.

Marcaram o combate para o dia seguinte bem cedo. Mal o dia amanheceu e lá estavam os dois adversários a postos, com as lanças em riste, sob o olhar atento dos dois escudeiros.

A montaria do Cavaleiro do Bosque não era melhor do que Rocinante. De forma que, quando sentiu as esporas fincarem-se nele, o animal andou uns dez metros e empacou. O Cavaleiro do Bosque tentou por todos os meios tirá-lo do lugar. Nada adiantou. O bicho girava sobre si mesmo, sem obedecê-lo.

Dom Quixote aproveitou a oportunidade e golpeou o inimigo com a lança, atirando-o longe. Mais que depressa, apeou do cavalo e colocou o pé sobre seu peito, exclamando:

– Renda-se ou morrerá!

Em seguida, arrancou o elmo que cobria o rosto do cavaleiro. A surpresa foi imensa! Quem jazia no chão era o estudante Sansão Carrasco, aquele que havia chegado de Salamanca, onde lera o livro sobre Dom Quixote e Sancho Pança.

– Então é você o Cavaleiro do Bosque? – bufou o fidalgo, pasmo com a revelação. – Pois agora eu ordeno que, como vencido, apresente-se diante da bela Dulcineia, em Toboso, para confessar-lhe que a única vez em que pelejou com Dom Quixote de la Mancha foi vencido por ele.

– Juro que assim o farei – prometeu o cavaleiro.

O que o fidalgo não sabia era que a farsa fora acertada com seus amigos e sua família. Preocupados com a partida dele, tinham se reunido e aprovado a ideia de que Sansão se fizesse passar por cavaleiro andante. O plano era o estudante encontrar Dom Quixote e vencê-lo numa peleja. Derrotado, ele teria de entregar as armas e voltar para casa, por sua honra de cavaleiro. Ninguém contava que o Cavaleiro da Triste Figura pudesse sair vencedor.

Dom Quixote, porém, jamais acreditou que Sansão Carrasco fosse ele mesmo, e sim uma criatura encantada por feiticeiros. Por isso, manteve para si a glória de ter vencido o famoso Cavaleiro do Bosque. Para prová-lo havia o capacete do estudante, com o qual o fidalgo presenteou Sancho Pança.

3
O SURPREENDENTE ENCONTRO COM OS LEÕES

DEPOIS DA FABULOSA VITÓRIA, o ânimo dos aventureiros mudou. Felizes e confiantes, Dom Quixote e o escudeiro seguiram por uma trilha cantando, esquecidos dos murros e pauladas que já haviam recebido em suas andanças. A única preocupação do fidalgo era desencantar Dulcineia e fazê-la voltar à condição de princesa.

Trotavam tão distraídos que não perceberam que estavam sendo alcançados por um cavaleiro mais veloz, que viajava na mesma direção. Era um fidalgo bem-vestido, montado num cavalo esplêndido, que os cumprimentou com cortesia.

Dom Quixote retribuiu o cumprimento e perguntou se podiam seguir juntos pela estrada. O viajante olhou, espantado, para aquela estranha figura, acompanhada do não menos esquisito Sancho Pança. A dupla formava um quadro realmente diferente!

– Conceda-me a honra de me apresentar – disse Dom Quixote, olhando com interesse o homem grisalho, de modos finos. – Sou um representante da cavalaria andante. Saí de minha terra, empenhei minha fazenda, deixei tudo para trás e há anos ando pelo mundo ressuscitando a nobre estirpe dos cavaleiros. Tropeçando aqui, caindo acolá, venho cumprindo a missão de socorrer viúvas, amparar donzelas e favorecer órfãos e desprotegidos. Por minhas façanhas mereci um livro impresso em quase todas as nações do mundo. Em resumo, senhor, aqui está Dom Quixote de la Mancha, o Cavaleiro da Triste Figura, ao seu dispor.

Achando que ele não estava em seu juízo perfeito, o viajante mediu as palavras.

– Ótimo que ainda existam homens dispostos a resgatar os valores da extinta cavalaria – opinou. – Saiba o senhor que sou um fidalgo, uma pessoa decente. Vivo perto daqui, com minha esposa e um filho. Meu nome é Dom Diego de Miranda.

Seguiram juntos, falando animadamente. Sancho aproveitou a distração do amo e fez amizade com uns camponeses na beira da estrada, de quem comprou requeijão. Como não tinha onde guardá-lo, colocou-o no capacete que conquistara do Cavaleiro do Bosque, como se este fosse uma vasilha. E logo o escudeiro alcançou os dois fidalgos lá na frente.

– Acho que outra aventura nos espera! – disse Dom Quixote, pressentindo, alvoroçado, novas emoções.

Ele se esforçava para adivinhar o que havia na carreta que vinha em sentido contrário, trazendo dois homens. Estava coberta por um pano e encimada por várias bandeiras.

– Deve haver ali uma donzela aprisionada ou um injustiçado precisando de auxílio – deduziu. – Sancho, me dê o elmo do estudante!

E, antes que o escudeiro pudesse se livrar do requeijão, Dom Quixote agarrou o capacete e enfiou-o na cabeça. Em seguida, saiu galopando em direção ao carro das bandeiras.

– Aonde vão, irmãos? Que carro é este, o que levam nele e que bandeiras são estas? – interpelou.

– O carro é meu – respondeu o carreteiro. Levo dois leões enjaulados que um general envia de presente ao rei. As bandeiras são símbolos reais. É sinal de que aqui vai algo que pertence ao rei.

– Os leões são grandes? – perguntou Dom Quixote.

– Tão grandes como nunca existiram maiores na África nem na Espanha. Afastem-se, pois estão famintos. Ainda não comeram.

O fidalgo se sentiu ofendido com a recomendação.

– Ora, o que são dois leõezinhos para um cavaleiro andante? – explodiu, cheio de brios. – Eu lá sou homem que se amedronte com leões? Abra essas jaulas e deixe as feras saírem! Elas precisam saber quem é Dom Quixote de la Mancha!

Nesta altura, o soro do requeijão começou a escorrer pelo rosto e pela barba do fidalgo.

– O requeijão está lhe derretendo os miolos – preocupou-se Sancho Pança, apavorado com as intenções do patrão.

– Será seu amo tão louco? – surpreendeu-se o cavaleiro.

– Louco não é, mas atrevido – Sancho explicou.

Dom Diego tentou dissuadir Dom Quixote, falando gentilmente:

– Valentia e temeridade são coisas bem diferentes, senhor. Um cavaleiro andante só deve meter-se em aventuras das quais possa sair vencedor. Além do mais, o que tem contra esses leões? São presentes enviados a Sua Majestade, e não ficará bem detê-los ou impedir a viagem deles.

O Cavaleiro da Triste Figura irritou-se ainda mais:

– Vá cuidar da sua vida e deixe-me com meu ofício!

E, voltando-se para o leoneiro, ameaçou:

– Juro que, se não abrir logo as jaulas, hei de pregá-lo no carro com esta lança!

O homem tirou o pano que cobria a jaula. Os leões eram mesmo grandes! Todos que observavam a cena trataram de se afastar, com medo do que ia acontecer. Só o intrépido Dom Quixote de la Mancha avançou, confiante, com a espada na mão.

O leoneiro abriu a jaula. Os dois leões, macho e fêmea, se levantaram e se espreguiçaram, sonolentos. Em seguida, bocejaram longamente. Havia quase dois palmos de língua postos para fora, capazes de engolir um homem inteiro. Porém, mais comedidos que o cavaleiro andante, os animais chegaram à abertura da jaula, olharam para todos os lados, deram meia-volta e tornaram a deitar, com o traseiro virado para o visitante.

Dom Quixote ficou indignado. Como os leões se recusavam a lutar contra ele? Insistiu com o leoneiro para cutucá-los, mas não adiantou. As feras não queriam saber de brigas com ninguém!

Mais que aliviado, Sancho estava boquiaberto.

– Que ninguém ouse dizer que existe cavaleiro andante mais valente que meu amo! – gritou, com sincera admiração. – Além de Cavaleiro da Triste Figura, ele será agora Cavaleiro dos Leões!

Depois dessa emocionante vitória, os aventureiros aceitaram o convite de Dom Diego de Miranda para repousar alguns dias em sua fazenda. Lá, o ilustre hóspede foi tratado com todas as honras pela esposa do cavaleiro, dona Cristina, e por seu filho, Lourenço.

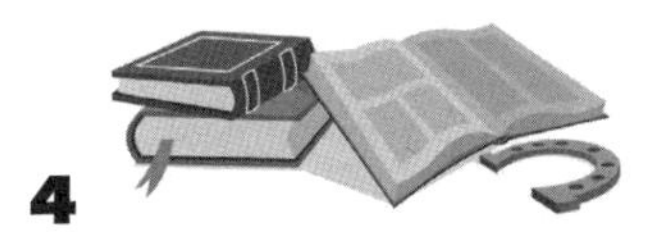

4 SOBRE A FAMOSA AVENTURA DO BARCO

O MERECIDO DESCANSO DUROU uma semana, depois da qual o fidalgo e o escudeiro decidiram partir de novo. Com roupas limpas e a barriga cheia, tomaram a direção do rio Ebro, famoso pela pureza de suas águas e pela beleza dos campos ao seu redor. Nossos heróis cavalgavam pela margem esquerda em direção à nascente quando avistaram um pequeno barco amarrado a um tronco.

Dom Quixote ordenou a Sancho que parassem. O que fazia a embarcação ali? Parecia esperar por eles...

– Sinto que devemos entrar neste barco para socorrer alguém em perigo. É como um chamado, Sancho, um apelo.

O escudeiro não acreditou naquilo, mas se conformou.

– Faremos o que deseja, senhor. Embora me pareça que este barquinho tenha sido deixado na margem por algum pescador...

Desceram dos cavalos e embarcaram. Sancho cortou a corda que ligava o barco ao tronco, e começaram a navegar rio abaixo, deixando-se levar pela correnteza. Dom Quixote olhava atento para as duas margens, em busca de pessoas que estivessem em perigo, aguardando a intervenção dele.

– Ali está o castelo que procuro – disse, de repente. – Está vendo, Sancho? Ali se esconde um prisioneiro, talvez uma princesa.

Sancho deu um grito de susto. Um pouco adiante, no meio do rio, havia um moinho movido a água, com as rodas girando a todo vapor. Atraído pela correnteza mais forte, o barquinho os conduziu rapidamente naquela direção.

– Que castelo coisa nenhuma! Aquilo é um moinho, senhor! E tudo indica que vamos nos espatifar contra ele!

– Cale-se, Sancho! Embora pareça moinho, não é moinho. Não se lembra de que os feiticeiros transformam as coisas, dando-lhes outra aparência? Viu bem o que aconteceu com Dulcineia, único refúgio de minhas esperanças...

O barco, cada vez mais veloz, entrou na corrente que levava diretamente ao moinho. Os moleiros, vendo o desastre iminente, começaram a gritar e correram para socorrer os dois passageiros. Com as roupas e os rostos cobertos de farinha de trigo, vinham munidos de longas varas para deter o barquinho antes que ele se esfacelasse contra a roda. Com esse visual, pareciam a Dom Quixote fantasmas assustadores. Mais que depressa, ele puxou a espada e ameaçou:

– Demônios de homens, aonde vão? Estão desesperados, tentam se afogar e se fazer em pedaços! Libertem agora mesmo seus prisioneiros ou conhecerão o peso do braço deste justiceiro, conhecido como Cavaleiro dos Leões!

Sem poder evitar o desastre, Sancho Pança sentou no fundo do barco e começou a rezar. Os movimentos do fidalgo fizeram o barquinho se desequilibrar, sacolejar alguns minutos e emborcar na água. Seus ocupantes foram jogados no fundo do rio. Dom Quixote sabia nadar, mas o peso da armadura lhe impedia os movimentos. Não fosse a ajuda dos moleiros, teria morrido afogado. Sancho também foi retirado da água ensopado – e pesado feito um saco de batatas.

Nesse momento, chegaram os donos do barco. Vendo-o despedaçado contra a roda do moinho, ficaram furiosos.

– Exigimos que o prejuízo seja pago! – gritaram.

Dom Quixote, bem sossegado, como se nada de incomum tivesse acontecido, concordou de boa vontade com o pedido, desde que lhe entregassem os prisioneiros do castelo.

– De que castelo e de que prisioneiros está falando, homem sem juízo? – indagou um dos moleiros, indignado.

O fidalgo ainda insistiu mais um pouco, mas não se sabe que milagre o fez desistir subitamente do negócio.

– Está bem. A tarefa gloriosa de libertar quem prenderam deve estar reservada a outro cavaleiro andante que aparecer por aqui. Sancho, pague as cinquenta moedas que eles pedem.

O escudeiro cumpriu a ordem de má vontade. Pela aparência e pelas palavras de Dom Quixote e do seu escudeiro, os salvadores deduziram que se tratava de dois loucos, e só por isso não lhes aplicaram uma boa e merecida surra.

Molhados e tiritando de frio, Sancho e o patrão recuperaram as montarias e pegaram a estrada. Os moleiros e os pescadores ficaram observando a dupla estropiada se afastar...

5
O DUQUE E A DUQUESA INVENTAM UMA FARSA

DESGOSTOSOS E ATORDOADOS COM a aventura frustrada, os dois cavalgaram em silêncio por um longo tempo, cada qual absorto em seus pensamentos. Dom Quixote recordava Dulcineia e Sancho Pança remoía seu pesar por ter gasto à toa cinquenta moedas. Estava desiludido com a promessa, que nunca se cumpria, de ganhar uma ilha para governar. No final do dia, chegaram a um bosque, onde passaram a noite ao redor de uma fogueira, tristes e calados.

Na manhã seguinte, alcançaram uma planície muito verde, onde um grupo de nobres se preparava para caçar. Entre eles havia uma mulher belíssima, montada num magnífico cavalo. O fidalgo mandou o escudeiro cumprimentá-la em nome dele. Sancho foi até ela, apeou do burrico e se ajoelhou a seus pés.

– Minha senhora, meu amo, o Cavaleiro dos Leões, também conhecido por Cavaleiro da Triste Figura, envia-lhe seus sinceros cumprimentos e põe-se à sua disposição para servi-la – disse Sancho.

Gentilmente, ela agradeceu e fez um convite aos dois.

– Diga-me, amigo. Esse Dom Quixote de la Mancha não é o mesmo cujas histórias circulam por toda parte num livro, e cuja amada é uma certa Dulcineia del Toboso?

– Esse mesmo, senhora. E o escudeiro que também aparece no tal livro sou eu, Sancho Pança.

– Isso me alegra! Levante-se e vá dizer a seu senhor que ele será muito bem recebido por mim e pelo duque, meu marido. Sua chegada em nosso castelo será uma grande honra para nós.

Sancho correu a dar a agradável notícia ao fidalgo, que ficou feliz da vida. Dom Quixote aprumou o corpo sobre a sela e conduziu Rocinante até a dama, cumprimentando-a respeitosamente. Em seguida, fez o mesmo com a comitiva. Todos responderam alegres, curvando-se com cerimônia.

O que o fidalgo não sabia é que os nobres o consideravam um maluco inofensivo e viram no convite a oportunidade de criar uma farsa para se divertir. Enfeitaram o castelo com bandeirolas, vestiram suas melhores roupas e prepararam-lhe uma recepção digna de um verdadeiro herói da cavalaria.

Quando Dom Quixote, acompanhado pelo nobre casal e pelo fiel escudeiro, ultrapassou os portões do castelo, pétalas de rosa foram jogadas sobre sua cabeça. Os criados gritavam saudações efusivas e seis lindas donzelas, instruídas pelo duque, ajudaram o fidalgo a se livrar das armas, do capacete e da armadura.

Sancho estava felicíssimo! Finalmente, seu amo era tratado com as honras que merecia. Sentiu, pela primeira vez, que fizera bem ao ficar ao lado dele nos piores momentos. Aquele período ruim acabara e agora eles colheriam só frutos e glórias, pensou.

O jantar foi fantástico, com iguarias dignas de reis e rainhas. Dom Quixote encantou a todos com sua simpatia. Portava-se como legítimo membro da nobreza, comendo com moderação, mantendo-se austero e discreto e respondendo às perguntas do duque e da duquesa com palavras simples e precisas.

Na hora da sobremesa, a duquesa quis saber como estava Dulcineia del Toboso e se Dom Quixote havia enviado algum gigante de presente para lhe prestar vassalagem.

– Como poderia fazer isso, minha senhora, se Dulcineia está encantada por efeito de bruxaria? – respondeu o cavaleiro com tristeza. – Em minha árdua jornada, tenho vencido muitos dragões e gigantes, mas não pude impedir que os feiticeiros transformassem a doce Dulcineia numa camponesa gorda e feia.

O padre, único na mesa que não simpatizara com ele, e que inúmeras vezes já advertira o duque de que devia queimar o tal livro que contava as aventuras do maluco, não aguentou ouvir a heresia e teve um ataque de histeria.

– Um dia terá de prestar contas a Deus! – gritou, alterado, ao duque. – Está alimentando a vaidade desse doido e dando oportunidade para ele prosseguir com suas maluquices!

Depois voltou-se para Dom Quixote e despejou sua ira:

– Quem lhe meteu tantas barbaridades na cabeça? Melhor seria se voltasse para casa a fim de cuidar de suas terras e seus filhos! Como pode pensar que existem cavaleiros andantes na Espanha, hoje em dia? E os tais gigantes e feiticeiros? De onde tirou a história de que encantaram Dulcineia? Suas mentiras estão prejudicando a cabeça de quem lê seu livro!

Dom Quixote escutou as palavras cruéis com a maior calma e atenção. Finalmente, o padre se calou, tremendo de raiva dos pés à cabeça e com o rosto tomado pela ira. Então, o fidalgo disse:

– O respeito que tenho aos religiosos e às pessoas que me hospedam me impede de responder à altura a essas blasfêmias que acabo de ouvir. A arma de quem veste batina é a mesma das mulheres: a língua. Melhor seria se o senhor desse conselhos em vez de atacar-me injustamente. Minha missão de cavaleiro andante é aplicar a justiça e fazer o bem a todos. Se esses atos merecem ser chamados de mentiras, que me julguem meus ilustres anfitriões.

Sancho Pança vibrou com o discurso do patrão:

– Isso mesmo, meu amo! Se o duque e a duquesa o tratam com todas as honras, quem é esse padre para discordar deles?

– Por acaso você é o tal Sancho Pança, a quem dizem que o doido prometeu uma ilha? – perguntou o religioso.

– Sou eu mesmo e bem a mereço! Ando na companhia dele há anos e não me arrependo. Verá que um dia terei impérios e serei um governante justo e bom.

Para surpresa geral, o duque completou as palavras de Sancho com uma notícia bombástica.

– Decerto que será um bom governante. E em breve. Em nome de Dom Quixote, eu lhe darei uma ilha para governar. E garanto que não se trata de ilha pequena, mas de um território bem grande, próximo daqui.

6
A FÓRMULA MÁGICA DO SÁBIO MERLIN

DURANTE VÁRIOS DIAS, OS DOIS hóspedes seguiram desfrutando da hospitalidade dos anfitriões. O duque e a duquesa gostavam de conversar com eles. A loucura de Dom Quixote era tão articulada que lhes provocava admiração. E a simplicidade de Sancho Pança, sempre pronto a dizer provérbios, agradava-lhes bastante.

Num belo dia, o duque levou a dupla junto com outros visitantes para uma caçada de javalis. Saíram de madrugada, acompanhados por uma matilha de cães e muitos criados, pois iriam acampar na floresta. Lá chegando, os cães localizaram um javali e puseram-se a persegui-lo. Acuado, o bicho correu na direção do fidalgo e de seu escudeiro. Por pouco a situação não acabou em tragédia...

Dom Quixote enfrentou bravamente a fera com sua espada, mas Sancho, assustado, correu para uma árvore e tentou subir tronco acima. Sem agilidade por causa da gordura, pendurava-se, caía, subia de novo, até que apoiou todo o peso do corpo num galho frágil demais. Resultado: o galho se partiu, deixando-o pendurado pelas roupas. Além de rasgar as belas vestimentas que ganhara do duque para a caçada, o escudeiro corria o risco de virar refeição de javali. Por sorte, os caçadores mataram a fera, e Dom Quixote, com um golpe de espada, libertou o gordo do incômodo galho.

Carregando o javali espetado num pedaço de pau, a comitiva seguiu para o acampamento, montado sob uma tenda enorme, e os cozinheiros prepararam o animal para o jantar. Todos saboreavam a carne quando foram surpreendidos por outra armação do duque.

De repente, como se obedecesse a um súbito comando, o bosque foi iluminado por centenas de tochas. Os sons de cornetas, tambores, clarins e pífanos anunciavam a marcha de um exército, cada vez mais próximo. Um suspiro de admiração varreu a plateia quando uma figura estranhíssima se adiantou à tropa.

– Quem é você? – perguntou o duque, detendo o visitante. – Para onde vai? E que exército é esse?

– Sou o Diabo e venho à procura de Dom Quixote – disse a criatura, que estava fantasiada de demônio. – Meu exército é formado por feiticeiros, que trazem num carro a formosa Dulcineia del Toboso. Como todos sabem, ela está encantada. Mas vem aí um mago que dará ao ilustre cavaleiro a fórmula para desencantar sua amada. – E, voltando-se para Dom Quixote, completou: – Espere um pouco aqui, senhor, e logo receberá visitas importantes.

O duque e os convidados se divertiram muitíssimo vendo a cara séria de Dom Quixote, que ficou horas a fio à espera, sem reclamar. Antes do amanhecer, surgiram três carros, um mais esquisito que o outro. O primeiro era puxado por bois e coberto por panos negros, com quatro tochas, uma em cada canto. Sobre ele, sentado num trono, havia um ancião com roupas pretas e longas barbas brancas.

– Eu sou o sábio Lirgandeu – ele anunciou.

O carro seguinte trazia uma personagem parecida, que se apresentou com ar solene:

– Eu sou o sábio Arquife, o grande amigo de Urganda, a Desconhecida.

No terceiro carro vinha um homem mais jovem e robusto.

– Sou Arcalaus, o encantador, inimigo mortal dos cavaleiros andantes – disse ele, bem antipático, com o nariz empinado.

O quarto carro, bem maior do que os outros, vinha tocando uma música celestial e era puxado por seis lindas mulas brancas. Sentada num trono, uma ninfa envolta em véus era protegida por doze homens que carregavam tochas acesas. Quando o carro chegou à frente do duque e de seus convidados, a música foi interrompida e a ninfa livrou-se dos véus. Surgiu então a cara horrenda da Morte, fazendo estremecer os presentes. Com a voz rouca, a criatura anunciou:

– Eu sou Merlin, príncipe da Magia, aquele que as histórias dizem ser filho do Diabo. Não é verdade, só faço o Bem. Trago a fórmula para desencantar a doce Dulcineia del Toboso.

– Qual é essa fórmula, Merlin? – indagou Dom Quixote, esperançoso.

– Para a bela Dulcineia voltar a ser o que era, é preciso que Sancho Pança aplique nas próprias nádegas três mil e trezentos açoites, de tal modo que doam e machuquem bastante.

– Essa é boa! – reclamou o escudeiro. – O que tenho a ver com os encantos dessa senhora? No que depender de mim, ela vai continuar encantada para sempre!

– Pois eu o agarrarei com minhas mãos e lhe aplicarei eu mesmo os três mil e trezentos açoites – afirmou Dom Quixote, raivoso. – Como você é ingrato, Sancho!

O sábio Merlin interrompeu o Cavaleiro dos Leões.

– Acoites dados à força não valem. O desencanto só ocorrerá se o escudeiro o fizer com suas mãos, e de boa vontade.

– Por minha vontade? Nem pensar. Nunca, jamais!

O duque tomou a palavra e tentou resolver a situação.

– Se um escudeiro não é capaz de se sacrificar por seu amo, como poderá governar uma ilha? Você não merece esse prêmio! Volto atrás com a promessa. Não lhe darei mais a ilha, Sancho.

Por essa o gordo não esperava. Ficou desconcertado.

– Senhor, pode me dar uns dois dias para pensar melhor? – pediu, tentando ganhar tempo.

– De maneira nenhuma! – disse Merlin. – É agora ou nunca!

– Está bem, pois seja o que Deus quiser... – choramingou o escudeiro. – Mas exijo a garantia do senhor: açoites nas nádegas, ilha nas mãos!

O duque empenhou a palavra. Dom Quixote abraçou Sancho, emocionado. Amanhecia, e o grupo se separou para descansar. O pobre Sancho já sentia as dores dos três mil e trezentos açoites. O fidalgo antevia a alegria de ter Dulcineia de volta. O que eles não sabiam é que os nobres apenas se divertiam às custas deles.

7
VIAJANDO NUM CAVALO DE PAU

O DUQUE E SEUS CONVIDADOS estavam adorando a diversão que Dom Quixote e Sancho lhes proporcionavam! Cruéis e insensíveis, não perdiam a oportunidade de inventar novas brincadeiras de mau gosto.

Certa manhã, passeavam pelos jardins do castelo quando um cavalheiro alto e forte, usando roupas orientais, surgiu de repente. Tinha o rosto coberto por um véu negro transparente, que deixava entrever a barba longa e branca.

– Chamam-me Trifaudim da Barba Branca – disse o homem, apresentando-se. – Sou escudeiro da Condessa Trifáudi, conhecida por Dama Dolorida, da parte de quem venho. A senhora ordena-me pedir a proteção do famoso Dom Quixote de la Mancha.

O duque respondeu que já ouvira falar nessa dama, que havia sido encantada por feiticeiros. Sabendo que ela esperava do lado de fora, deu-lhe logo permissão para entrar. Não demorou e a Condessa Trifáudi adentrou no jardim, precedida por um cortejo de doze damas vestidas com hábitos amplos, como se fossem monjas. A condessa, ao contrário, usava um traje negro, com uma cauda de três pontas, sustentada por três pajens também de luto. Desses três ângulos é que se originara seu nome, Trifáudi.

A senhora fez mil rodeios para dizer o que queria. Usando muitos superlativos, explicou por fim que o gigante Malambruno colocara barbas no rosto de todas as mulheres de seu reino. Para quebrar o encanto, ela pedia a Dom Quixote e Sancho Pança que viajassem até lá, com os olhos vendados, num mágico cavalo de pau. Só o ilustre cavaleiro andante teria chance de vencer o gigante e devolver às mulheres sua antiga aparência.

O escudeiro tratou logo de se livrar de mais essa missão.

– Não me bastam os três mil e trezentos açoites para tirar o encanto da senhora Doroteia? Nada tenho a ver com essas damas barbadas. E não monto em qualquer cavalo, muito menos de pau.

Mas Dom Quixote insistiu tanto que mais uma vez convenceu o escudeiro a acompanhá-lo. Ao anoitecer, trouxeram o cavalo de pau – chamado Clavilenho – e o puseram no pátio. Ao perceber que teriam os olhos vendados para a viagem, Sancho quis desistir outra vez, mas o duque ameaçou-o com a perda da ilha e ele concordou.

– Se não cobrirem o rosto, o encanto se quebra e vocês podem despencar lá do alto – explicaram os nobres, gritando votos de boa viagem enquanto, por trás, riam da ingenuidade deles.

Com os olhos tapados por largas faixas de pano, os dois finalmente partiram. Sancho ia agarrado ao patrão e não parava de rezar. Um dos nobres sacudiu o cavalo, e outro gritou:

– Vejam como eles voam! São mais velozes que uma seta! Já vão bem alto, olhem lá!

Sancho estava achando aquilo muito estranho. Como podiam voar tão alto, se ele ouvia as vozes ao lado dele? Dom Quixote deu uma explicação convincente para o fato:

– É obra do encantamento, meu amigo. Numa distância de mil léguas ainda ouviremos as vozes. E não me aperte tanto, não há por que ter medo. Jamais subi numa cavalgadura mais calma do que esta. Até parece que não saímos do lugar!

E o fidalgo pôs-se a imaginar em qual região do globo estariam, se naquela onde são gerados os ventos (já que ventava muito ali) ou em outras, onde nascem raios, trovões, neves, granizos... E se eles cavalgassem tanto que chegassem à região do fogo? Dom Quixote nem queria pensar nessa hipótese.

Ouvindo isso, os amigos do duque foram buscar tochas e as aproximaram do rosto dos cavaleiros.

– Acho que chegamos ao inferno, patrão! – gritou Sancho, assustado. – Vou tirar a venda!

– Não faça isso! Pode nos acontecer algo terrível!

Os nobres se curvavam de tanto rir ao ouvir o diálogo. E as gargalhadas aumentaram mais quando alguém colocou enorme quantidade de foguetes no rabo do cavalo Clavilenho. Foi só encostar nele uma tocha acesa e... pumba! Dom Quixote e seu pobre escudeiro foram atirados longe pela força das explosões.

No pátio, zonzos e chamuscados, os dois enfim retiraram a venda dos olhos. Nem a Dama Dolorida, nem o séquito de donzelas, nem Trifaudim da Barba Branca estavam mais ali. O duque, a duquesa e os demais convidados jaziam no chão, como se também tivessem sido vítimas da explosão. Dom Quixote olhou atentamente ao redor, tentando entender o que havia acontecido. Até que viu um papel cravado no chão por uma lança, com a explicação.

Dom Quixote venceu esta terrível prova. Os encantamentos do reino se desfizeram. As senhoras perderam as barbas e tudo voltou ao normal. Para que o feiticeiro Merlin se dê por satisfeito, só falta o escudeiro aplicar-se os três mil e trezentos açoites. Então a senhora Dulcineia recuperará sua antiga forma.

O fidalgo releu várias vezes o bilhete e deu-se por satisfeito. O duque e a duquesa também consideraram o episódio encerrado. Porém, embora já tivessem rido o bastante, continuariam a rir por muitos anos ainda, sempre que relembrassem a história com seus amigos.

8
SANCHO PANÇA GOVERNA SUA ILHA

O SUCESSO DA BRINCADEIRA DA Dama Dolorida instigou os nobres a pregar outras peças nos dois inocentes. Dias depois, o casal ordenou aos criados preparar a prometida ilha que seria dada a Sancho Pança. Dom Quixote ficou muito feliz e deu-lhe um conselho:

– Procure governar com sabedoria. O bom rei deve ser mais generoso que severo com seus súditos.

– Temo que o poder me suba à cabeça, senhor – confessou o escudeiro, com sinceridade.

Uma comitiva enorme acompanhou o novo governador à sua "ilha". Tratava-se de uma propriedade do duque, onde viviam cerca de mil habitantes, já devidamente instruídos sobre a brincadeira. Todos o esperavam na porta da vila, que disseram chamar-se Ilha Baratária. Os sinos repicaram. Vestido com um manto luxuoso e montado num belo cavalo, Sancho foi levado à igreja matriz para a cerimônia de ação de graças por sua posse. Depois, com ridículas mesuras, entregaram-lhe as chaves do reino.

– Existe um costume na nossa ilha – disse um "assessor", dirigindo-se à autoridade recém-empossada. – Quem toma posse é submetido a um teste para medir sua capacidade de governar. Vai ter início uma audiência pública. O senhor terá de resolver disputas entre moradores da comunidade.

Os primeiros a se apresentar foram dois anciãos. Um deles vinha apoiado numa bengala. Foi o outro quem explicou:

– Senhor, emprestei a este homem dez escudos de ouro, com a condição que me devolvesse quando eu precisasse. Já se passaram meses e ele se nega a cumprir o trato. Às vezes diz que não lhe emprestei nada, outras que já me devolveu o dinheiro.

– Que tem a dizer? – perguntou Sancho ao velho da bengala.

– Confesso que ele me emprestou os dez escudos, senhor. Mas já os devolvi, juro. Se quiser, posso jurar sobre a Bíblia.

Para Sancho Pança, juramento era coisa séria. Ainda mais se fosse feito sobre um livro sagrado. Quem seria capaz de jurar em falso? Seria uma heresia. Após perguntar ao credor se ele aceitaria o juramento do outro sobre a Bíblia, e este concordar, o governador chamou o homem da bengala e abriu as escrituras.

– Juro que devolvi a este homem os dez escudos de ouro que ele me emprestou – repetiu o velho, solenemente, com a mão nas páginas abertas. – Se não for verdade, que Deus me castigue.

– Bem, se ele jura, quem sou eu para duvidar? – balbuciou o credor, desconscertado. – Talvez tenha me esquecido...

Os dois já estavam saindo quando o escudeiro chamou-os de volta. Alguma coisa na história não fazia sentido. Sancho teve uma ideia. Pegou a bengala das mãos do devedor e entregou-a ao outro velho para compensá-lo pela perda. Todos ficaram surpresos.

– Mas a bengala não vale dez escudos! – exclamou alguém.

– Certamente que não – disse o governador. – Eu não seria um bom governante se não soubesse que ela vale muito mais!

E, dizendo isso, quebrou a bengala contra o joelho. Tlim-tlim-tlim... Do seu interior, que era oco, caíram os dez escudos de ouro, prova evidente de que o devedor havia mentido... Foi uma surpresa geral. Desde então, ninguém mais duvidou de que Sancho fosse bem mais esperto do que parecia.

Nos meses seguintes, ele continuou agindo com justiça e sabedoria. Todos na "ilha" aprenderam a amá-lo e respeitá-lo.

Só duas coisas incomodavam o novo governador. Sentia falta de seu jumento, parceiro de tantas aventuras. Ia vê-lo no estábulo todos os dias para matar as saudades. O outro problema era a fome que sentia, pois não estava sendo alimentado como precisava.

Certa noite, ao terminar um exaustivo dia de trabalho, Sancho mandou que lhe servissem uma farta refeição. Sentado à cabeceira da mesa, esperou pelos pratos, que logo começaram a chegar. Porém um homem que se apresentou como médico o impediu de experimentar a primeira iguaria.

– Estou encarregado de cuidar de sua saúde, governador. Este ensopado é muito gorduroso. Vai lhe fazer mal.

Surpreso e indignado, o escudeiro viu a cena se repetir várias vezes. A cada prato que chegava, o suposto médico, a pretexto de fiscalizar sua refeição, proibia-o de comer, alegando que estava com muito sal ou muita pimenta, frio ou quente, cru ou assado demais. Irritado, Sancho acabou despedindo o "doutor".

Mas a sorte parecia estar contra ele. Quando finalmente ia saborear uma nova refeição, apareceu um mensageiro trazendo notícias urgentes por parte do duque.

– Leia a carta, senhor governador.

O governador não sabia ler e teve de pedir a um “assessor” que o fizesse, em voz alta, no lugar dele.

Meu caro Sancho Pança

Soube que uns inimigos meus preparam um ataque à ilha a qualquer momento. Fique alerta dia e noite. Abra o olho também por outro motivo: fontes seguras me informaram que quatro espiões entraram na ilha com o objetivo de matá-lo. Se precisar de ajuda, avise-me que mandarei reforços imediatamente.

Seu amigo, o Duque

Alguém queria matá-lo? Sancho só suspeitou do tal médico, que queria vê-lo morto de fome! Durante uma semana, a ilha ficou sob vigilância total, no entanto não se viu nem sombra de inimigo. Até que, numa tarde, o governador ouviu gritos:

– Estamos sendo atacados! Peguem as armas! Vamos à luta!

Sancho saiu no corredor. Muitos homens corriam de cá para lá, espavoridos. Pegaram-no à força e o vestiram com uma roupa feita de couro e placas de metal. Depois o empurraram até o portão do castelo, deram-lhe uma lança e o mandaram avançar contra o inimigo. Mas... avançar como, se o pobre gordo mal podia se mexer com aquela vestimenta pesadíssima?

– Socorro, estou entalado! – gritava Sancho.

Ninguém lhe deu atenção. Todos corriam, fazendo muito barulho e atropelando o governador, que tropeçava, caía e tornava a se levantar. De repente, ouviu-se um novo tumulto:

– Vitória! Vitória! Vencemos o inimigo!

Aquela cena foi demais para Sancho. O escudeiro desistiu do sonho de governar uma ilha. Levantou-se, mandou que lhe tirassem a couraça, bebeu um copo de vinho e foi buscar seu jumento. Tudo o que queria era a antiga liberdade para viver aventuras.

– Adeus, meus senhores! Não nasci para governar nem para defender ilha nenhuma! Agradeçam ao duque por mim.

A população, envergonhada pelas brincadeiras a que havia submetido um homem bom e honesto, pediu-lhe que ficasse, mas Sancho não aceitou. Acenou em despedida, lembrando:

– Deixo o cargo tão pobre quanto entrei, o que não acontece com a maioria dos políticos.

9
NA ESTRADA OUTRA VEZ

VOLTAR À ESTRADA ERA TAMBÉM o maior desejo de Dom Quixote. A vida ociosa no castelo do duque e da duquesa não lhe parecia digna de um verdadeiro cavaleiro andante. Estava cansado de tantas mordomias. Quando viu Sancho chegar, ficou felicíssimo.

O reencontro dos dois foi alegre. Os anfitriões insistiram para que eles ficassem ali mais tempo, mas estavam decididos a seguir em frente. Abasteceram-se de provisões, prepararam as montarias e, em poucos dias, partiram.

– Estas campinas verdes são o nosso palácio, Sancho! – exclamou o fidalgo, respirando, feliz, o ar puro.

Para relembrar os bons tempos, é claro que Dom Quixote tinha de meter-se em encrencas! Com saudades de uma peleja, pôs-se no meio do caminho, provocando os que passavam com gritos e desafios. As pessoas estranhavam, mas não respondiam. Até que uma tropa de touros se aproximou, conduzida por meia dúzia de homens. Um deles avisou de longe:

– Afaste-se, cavaleiro, ou estes animais o farão em pedaços!

O fidalgo não ligou a mínima. Ao contrário: avançou. Sancho não teve tempo de arrastá-lo dali. Quando viu, Dom Quixote estava embolado com uma massa de músculos, chifres e cascos, lutando bravamente. Acabou pisoteado no chão. O escudeiro foi recolhê-lo à beira da estrada, todo moído e envergonhado.

E assim, sentindo que recuperavam a velha forma, nossos heróis voltaram à estrada, cheios de energia. À noite, encontraram uma estalagem onde jantar e dormir. Havia dois hóspedes na sala de refeições. Prestaram atenção na conversa deles.

– Enquanto esperamos a ceia, vamos ler a segunda parte do livro Dom Quixote de la Mancha? – propôs um dos homens.

– Para quê? Quem leu a primeira parte já sabe de tudo – respondeu o outro, com pouco caso.

– Engano seu, há muitas novidades. A mais interessante é que Dom Quixote já não ama mais a bela Dulcineia del Toboso.

Ao ouvir aquilo, o fidalgo sentiu o sangue ferver. Não podia deixar passar em branco tamanho disparate. Avançou contra o leitor indiscreto, dando-se a conhecer.

– Como ousa dizer uma infâmia dessas?! Quem escreveu tal barbaridade é um mentiroso! Pois saiba que está diante de Dom Quixote de la Mancha em pessoa, e posso garantir que continuo tão apaixonado por Dulcineia quanto antes!

Os dois estranhos, que se apresentaram como Dom Jerônimo e Dom João, ficaram surpresos e entusiasmados ao se verem diante do personagem verdadeiro. Fizeram muitas perguntas e convidaram a dupla de aventureiros para jantar. Convite aceito, sentaram-se à mesa e conversaram animadamente. O fidalgo quis conhecer o livro que contava sua história. Folheou-o de cara feia e deu seu parecer:

– Já vi que há muitos erros. O nome da mulher de Sancho não é Maria Gutierrez, como está aí, e sim Teresa Pança. Quem comete equívoco tão primário não merece crédito, pois certamente comete outros maiores. Não se pode confiar nesse escritor.

– Espero que não tenham trocado também meu nome – disse Sancho. – Maus historiadores não merecem respeito.

– Sua identidade está correta – garantiu Dom Jerônimo. – Quando o vi, logo reconheci o fiel escudeiro Sancho Pança.

O próximo destino de Dom Quixote seria Saragoça, entretanto, por ser essa a terra natal do escritor, mudou de ideia. Na manhã seguinte, bem cedo, partiu com Sancho em direção a Barcelona.

10
O CAVALEIRO DA BRANCA LUA

CERTA MANHÃ, QUANDO ANDAVA por uma praia em Barcelona, Dom Quixote viu um cavaleiro usando armadura, como ele. Tinha uma lua pintada no escudo e caminhava com ar imponente. Antes que o fidalgo se refizesse da surpresa, o outro se aproximou:

– Sou o Cavaleiro da Branca Lua, de quem já deve ter ouvido falar – disse, com elegância. – Sei que é o valoroso Dom Quixote de la Mancha. Proponho cruzarmos nossas espadas. Depois que eu o vencer, terá de confessar que minha dama é mais formosa do que sua Dulcineia del Toboso.

O cavaleiro acertou em cheio. Como todos sabiam, aquele era o ponto fraco do fidalgo. A resposta só poderia ser uma:

– Aceito o desafio. Eu me baterei até a morte em defesa da bela Dulcineia del Toboso.

O Cavaleiro da Branca Lua impôs uma condição. Se Dom Quixote vencesse, lhe entregaria suas armas e faria o que ele quisesse. Mas, se fosse o vencedor, o fidalgo teria de voltar à aldeia e lá ficar por um ano, sem viajar. Para Dom Quixote, a hipótese de perder não existia, por isso concordou com a proposta do outro.

A notícia da disputa espalhou-se rapidamente. O vice-rei de Barcelona, leitor apaixonado de novelas de cavalaria, fez questão de comparecer ao local da peleja. Ao chegar, uma multidão já aguardava, ansiosa, pelo acontecimento.

Montados em seus cavalos, com a lança apontada um para o outro, os cavaleiros esperavam um sinal para começar. Ouviu-se um grito e os dois dispararam. O Cavaleiro da Branca Lua foi mais rápido e arremeteu a lança, mas ela não alcançou o alvo, perdendo-se no ar. Seu cavalo, porém, era bem melhor que o pobre Rocinante. Os animais trombaram-se e Rocinante foi jogado longe, junto com seu cavaleiro. Antes que Dom Quixote se levantasse, o Cavaleiro da Branca Lua espetou a espada na viseira dele e gritou:

– Está vencido! Agora terá de aceitar minhas condições!

– Pode tirar-me a vida, mas até morto continuarei dizendo que a mais bela senhora do mundo é Dulcineia del Toboso – respondeu o perdedor, todo machucado e zonzo.

– Jamais pretendi matá-lo – esclareceu o outro. – Eu também rendo homenagens à formosura da senhora Dulcineia, famosa na Espanha. Como vencedor, eu me satisfaço se cumprir a promessa de voltar à sua aldeia e ficar lá por um ano, sem pegar em armas.

Dom Quixote não tinha alternativa senão concordar. O povo que assistia à cena ajudou-o a se levantar e a dar um jeito na armadura, toda amassada. Sancho só fazia chorar. Ver seu amo vencido era terrível demais para ele. E se Rocinante tivesse ficado aleijado para sempre? O escudeiro andava de um lado para o outro, sem saber que providências tomar.

O vice-rei mandou buscar o homem que conseguira vencer Dom Quixote. Queria saber quem era. Qual não foi a surpresa ao descobrirem que se tratava do estudante Sansão Carrasco, a quem o fidalgo derrotara tempos antes! Na época, ele se apresentara como Cavaleiro do Bosque. Era amigo da família e o que pretendia, na verdade, era afastar Dom Quixote da loucura da cavalaria. Com certeza, sua intenção desta vez era a mesma.

– Que pena! O mundo será privado de um louco maravilhoso, que só nos tem trazido alegrias – disse o vice-rei, pesaroso. – Mas, se é para o bem dele, que se cure... O que se há de fazer?

Dom Quixote ficou doente de tristeza durante vários dias, mas fez questão de cumprir com a palavra empenhada. Sancho o consolava como podia: afinal, tinham de dar graças a Deus por voltar inteiros.

– Além disso, um ano passa depressa... – disse o fidalgo, tentando consolar a si mesmo.

Partiram dias depois, Dom Quixote montado em Rocinante, mas sem armadura, com roupas normais. Sancho foi caminhando, pois seu jumento levava a armadura e todo o material da viagem.

Na primeira noite, na floresta em que acamparam, Sancho cumpriu com sua promessa de açoitar-se três mil e trezentas vezes. Isto é... fingiu que cumpriu. Na verdade, o escudeiro chicoteou o tronco de uma árvore, e, como o fidalgo só ouviu de longe os gritos dele, acreditou na farsa. Ficou tão comovido e agradecido que lhe deu como recompensa uma bolsa cheia de moedas de ouro.

11
A VIDA DE DOM QUIXOTE CHEGA AO FIM

AO RECONHECER DE LONGE as casas da Mancha, o escudeiro não aguentou de emoção. Ajoelhou-se no chão e exclamou:

– Abre os olhos, pátria amada, e vê que seu filho Sancho Pança está de volta, açoitado porém rico! Abre os braços e recebe também teu filho Dom Quixote, que, embora vencido, venceu a si mesmo, que é a maior vitória que alguém pode alcançar!

Chegando à aldeia, os dois procuraram a casa do fidalgo. Quando entraram no pátio, foram recebidos com gritos de alegria. O padre, a sobrinha, a empregada, o barbeiro, o estudante Sansão Carrasco, a mulher de Sancho, Teresa Pança, e sua filha Sanchita vieram ao encontro deles, chorando de emoção. Ficaram penalizados com o estado em que os dois se encontravam, porém aliviados por vê-los com vida.

– Como é possível um governador ter a aparência tão miserável? – reclamou Teresa, observando o marido.

– Cale-se, mulher – respondeu o escudeiro, aborrecido. – As aparências enganam. Trago dinheiro, que é o que importa. Vamos embora para nossa casa e lá eu lhe conto tudo.

O casal e a filha se afastaram. Dom Quixote foi levado para dentro a fim de que repousasse. A sobrinha e a empregada o puseram na cama. Ele sofria de umas febres, que se agravaram nos dias seguintes, talvez por causa da melancolia. Não se conformava de ter sido vencido. A família e os amigos o tratavam com o maior carinho. Estavam realmente felizes com sua volta e faziam de tudo para amenizar-lhe as dores do corpo e do espírito.

No entanto, como ninguém é eterno, a aventurosa vida do fidalgo estava chegando ao fim. E ele sabia disso. Via Sancho Pança velando seu leito, inconformado. Observava o padre, o barbeiro e Sansão Carrasco enxugando disfarçadamente as lágrimas. O médico, que o visitava todos os dias, avisou-os de que o estado dele era grave. O melhor, aconselhou, era que recebesse o consolo da alma, pois para o corpo não havia mais remédio conhecido.

Dom Quixote dormiu um sono profundo. Quando acordou, parecia estranhamente calmo e lúcido. Para alegrá-lo, alguém lhe disse que a bela Dulcineia fora desencantada. Sua resposta provocou enorme surpresa em todos os que o conheciam.

– Tudo isso são histórias que inventei. Dulcineia del Toboso não existe. Não sou mais Dom Quixote de la Mancha, amigos, volto a ser Alonso Quixano. E me parecem odiosos todos os romances de cavalaria, acreditar neles foi uma maluquice que me fez passar por incontáveis perigos. Vou morrer em breve. Ninguém mente nessa hora. Quero me confessar e fazer meu testamento. Parem de me olhar com tanto espanto e corram para buscar o padre e o tabelião!

O padre entrou. O fidalgo fez sua última confissão. Sancho se aproximou da cama, cabisbaixo, trazendo o tabelião. O fidalgo voltou-se para ele e se desculpou:

– Perdoe-me, amigo, por tê-lo feito praticar tantas loucuras.

Sancho o encarou, perplexo e consternado.

– Para mim – disse, entre um soluço e outro –, o senhor será sempre Dom Quixote de la Mancha! Jamais o esquecerei!

– Pois anote aí, senhor tabelião: as moedas de ouro que dei a Sancho pertencem a ele, não devem ser cobradas – determinou o fidalgo, começando a ditar seu testamento. – Deixo para ele ainda três jumentos, pela dedicação com que me serviu.

A fazenda ficaria para a sobrinha – desde que ela não se casasse com nenhum doido que viesse com o sonho de ressuscitar a cavalaria andante.

Nesse caso, perderia tudo. Pediu que pagassem todos os salários atrasados da empregada e lhe dessem vinte moedas de ouro pelos bons serviços. Aos amigos, pediu que se esquecessem de Dom Quixote de la Mancha e não lessem nenhum livro sobre a cavalaria andante, especialmente o que contava a história dele.

Dito isso, assinou seu nome e deitou-se para dormir.

Assim morreu o engenhoso fidalgo, tão bom, tão honesto e tão puro que suas peripécias – ao contrário do que ele queria – há séculos são relembradas, assim como são louvadas suas virtudes.

ALICE NO PAÍS DAS MARAVILHAS

Lewis Carroll

Adaptação de Isabel Vieira

LEWIS CARROLL.

Inglês, Charles Lutwidge Dodgson nasceu em Daresbury, em 1832, e faleceu em Guildford, em 1898. Seu pai, o pastor protestante Charles Dodgson, ambicionava a mesma carreira para o filho. Este, porém, preferiu o magistério. Em 1855 ingressou na Universidade de Oxford, onde se destacou como matemático. Depois de formado, lecionou Geometria, Lógica e Álgebra nessa mesma universidade até 1881. Com o próprio nome publicou inúmeros trabalhos científicos, mas se imortalizou como Lewis Carroll, seu pseudônimo nas obras de ficção.

Era um homem tímido e imaginativo. Desde a infância se sentia atraído por jogos e ilusionismo, e chegou a inventar um grande número de enigmas e jogos de matemática. Fazia truques de prestidigitação com facilidade e também foi fotógrafo amador. Gostava de retratar pessoas, em especial meninas. Fez várias fotos com suas amigas, sempre com a autorização paterna. Uma delas, Alice Liddell, foi a inspiração para a sua obra-prima, Alice no País das Maravilhas.

A origem do livro remete a um passeio de barco no rio Tâmisa, em 1862. Charles navegava com as três meninas Liddell e distraiu-as contando as aventuras fantasiosas de uma garotinha chamada Alice. A verdadeira Alice Liddell, então com dez anos, pediu-lhe que escrevesse a história. Em 1864 ele a presenteou com um manuscrito chamado Aventuras de Alice embaixo da terra, *editado em 1865. Revisto e reescrito, tornou-se um grande sucesso, traduzido para muitos idiomas como* Alice no País das Maravilhas.

A sequência, Através do espelho, *de 1871, também alcançou várias tiragens. O que começou como um presente para uma criança ascendeu a uma obra-prima da língua inglesa. As traduções perdem muito dos enigmas e trava-línguas propostos pelos personagens bizarros que a protagonista encontra, mas o encanto das descobertas de Alice, ao visitar uma paisagem de sonho, continua fascinando as gerações de leitores em todo o planeta.*

1
NA TOCA DO COELHO

ALICE JÁ ESTAVA CANSADA DE não ter nada pra fazer. Sentada ao lado de sua irmã, num banco do jardim, tentou dar uma olhada no livro que ela lia, mas logo desistiu da ideia.

"Pra que serve um livro sem figuras?", disse para si mesma.

Era uma tarde quente de verão. Alice pensou que poderia colher margaridas e fazer um colar, mas a preguiça não a deixou sair do lugar. Além do mais, estava ficando sonolenta. De repente, um coelho branco, de olhos cor-de-rosa, passou por ela muito apressado, dizendo:

– Ora, ora. Não posso chegar atrasado!

Até aí, nada demais. Mas quando o Coelho tirou um relógio do bolso do colete para consultar as horas, Alice deu um salto. Nunca vira um coelho usando colete, e muito menos relógio! Resolveu segui-lo. Saiu correndo pelo jardim a tempo de vê-lo saltar para dentro de sua toca, que ficava embaixo da cerca. Alice pulou atrás dele, sem pensar em como faria, depois, para sair dali.

No início, a toca parecia um longo túnel. Subitamente, afundava. O Coelho desapareceu no vazio, e Alice caiu também.

Ou o poço era mesmo fundo ou ela é que caía devagar, pois dava pra ver direitinho o que havia nas paredes. Estavam cheias de armários com louças, estantes de livros, quadros e mapas, tudo solto no ar. Alice quis olhar para baixo, mas estava tão escuro que não podia ver o fundo. Olhou de novo para as paredes. Pegou um pote no qual estava escrito "Geleia de Laranja", porém não havia geleia dentro dele. Ia jogá-lo fora, mas... e se ele caísse na cabeça de alguém lá embaixo? Colocou-o em outra prateleira e continuou em queda livre, caindo mais e mais. Até quando?

"Depois deste tombo não vou mais chorar se cair da escada", pensou Alice. "Todos lá em casa vão me achar muito corajosa!"

E caía, caía, caía... Onde será que aquele buraco ia dar?

– Pelos meus cálculos, devo estar chegando ao centro da Terra – disse a menina, em voz alta. – Acho que já afundei uns mil quilômetros. Mas em que latitude e longitude estarei?

Alice não sabia direito o que era latitude nem longitude, mas gostava de dizer coisas que havia aprendido na escola, ainda mais porque ninguém estava ali para corrigi-la.

– E se eu atravessar a Terra inteira e for sair no meio daquele povo que vive de cabeça pra baixo? – continuou. – Vou ter de perguntar: por favor, minha senhora, estou na Austrália ou na Nova Zelândia? – Enquanto falava, Alice fazia uma reverência.

E a queda continuava... Alice prosseguiu falando sozinha.

– Minha gatinha Diná vai sentir minha falta esta noite. Espero que alguém se lembre de dar leite a ela, pobrezinha! Ai, Diná, como você gostaria de estar aqui! Não existem ratos no ar, mas você poderia caçar um morcego. Será que gatos comem morcegos?

Alice estava ficando sonolenta e repetiu a pergunta várias vezes. Até sonhou que estava de mãos dadas com Diná, dizendo:

– Fala a verdade, Diná. Alguma vez você comeu morcego?

De repente, bumba!... Alice chegou ao fundo do buraco e caiu sentada sobre um monte de folhas secas. Mas não se machucou nem um pouco. Ficou de pé num instante, a tempo de ver o Coelho Branco entrar num outro túnel que havia à sua frente. Alice seguiu-o, correndo. Enquanto virava a esquina, o Coelho dizia:

– Pelas minhas orelhas e minhas barbas! Está ficando tarde! Não posso me atrasar...

Alice virou a esquina atrás do Coelho Branco, mas ele já havia sumido. Viu-se dentro de um salão comprido, com portas em todas as paredes. Do teto pendia uma fileira de lâmpadas acesas. Alice tentou abrir as portas, uma por uma, mas estavam todas trancadas. A menina parou no centro do salão, pensando num jeito de sair dali.

Foi quando viu uma mesinha de vidro de três pernas. Sobre o tampo havia uma chavezinha de ouro. Alice experimentou-a em todas as portas do salão. Que decepção! Ou a chave era pequena demais ou as fechaduras é que eram enormes; o fato é que ela não encaixava em nenhuma.

No entanto, na segunda volta que deu pelo salão, Alice viu uma cortina que não notara antes. Havia uma portinha atrás dela. Alice testou a chave e... oh, surpresa! A porta rangeu e abriu. Era baixinha, do tamanho de uma toca de rato. Alice ajoelhou e espiou pelo buraco. Do outro lado viu o jardim mais bonito que alguém jamais poderia imaginar!

Ah, como seria bom sair daquele salão fechado e passear entre os canteiros, colher flores, refrescar-se na água dos riachos! Mas de que jeito, se nem sua cabeça passava pelo buraco? Só se ela encolhesse! Tantas coisas loucas tinham acontecido naquele dia que Alice não ficaria surpresa se descobrisse como encolher.

Voltou para junto da mesinha, na esperança de encontrar algum manual que ensinasse a encolher. Desta vez, porém, havia ali uma minúscula garrafa. No rótulo, estava escrito: "Beba-me!".

E Alice lá era ingênua para beber algo sem saber do que se tratava? Lembrou de histórias de crianças queimadas, machucadas ou devoradas por animais por esquecerem de conselhos óbvios, do tipo: "Não mexa no ferro elétrico!", "Não pegue em facas!", "Não ande sozinha na floresta!"... E se o tal líquido fosse venenoso?

A menina examinou o rótulo. Ali não estava escrito "veneno". Então, aventurou-se a tomar um gole. Era gostoso pra caramba! O sabor lembrava torta de cereja, pudim de leite, abacaxi e peru assado, tudo de que ela mais gostava. Bebeu rapidinho. E, mal acabou de beber, percebeu:

– Estou encolhendo! Estou pequenininha! Deste tamanho já posso passar pela porta!

Ao se aproximar dela, porém... que decepção! Esquecera de trazer a chave. Voltou para buscá-la, mas viu que, minúscula como estava, não conseguiria alcançar a mesinha. Tentou escalar as pernas de vidro do móvel, porém escorregava e caía. Então, desanimada, Alice sentou no chão e chorou. Dali a pouco, ordenou a si mesma:

– Pare de chorar agora mesmo! Chorar não resolve nada!

Alice costumava dar-se conselhos e até brigar consigo mesma – e tão severamente que chegava a chorar por causa da bronca. Isso porque gostava de fingir ser duas pessoas. "Mas agora não é hora de fingir ser duas pessoas", pensou. "Na situação complicada em que estou é suficiente ser apenas uma pessoa."

Foi quando seus olhos descobriram, debaixo da mesinha, uma caixa. Abriu-a. Dentro havia um pequeno bolo, todo enfeitado, com um cartão onde se lia: "Coma-me!".

"Vou comê-lo", pensou Alice. Se ele me fizer crescer, pego a chave. Se me fizer encolher, passo por baixo da porta. De qualquer maneira, entro no jardim."

Comeu um pedacinho, depois outro... Parecia que nada havia mudado. Alice não desistiu. Continuou comendo o bolo até o fim.

2
UM LAGO DE LÁGRIMAS

– QUE CURIOSO, CURIOSÍSSIMO! – exclamou Alice, admirada. – Estou espichando feito um telescópio. Adeus, pezinhos!

O efeito do bolo não demorou a acontecer. Alice olhou para baixo e viu seus pés cada vez mais distantes. Quem iria calçar os sapatos neles se ela não podia mais alcançá-los?

– Queridos pezinhos, vou mandar de presente pra vocês uns sapatinhos novos, pelo correio. Olha que endereço mais louco!

Ilustríssimo sr. Pé Direito de Alice

Tapete felpudo perto da lareira

Com amor, Alice

De repente, tuque, tuque, tuque... A cabeça de Alice bateu no teto. Ela estava com mais de dois metros de altura. Pegou a chave de ouro na mesinha e correu para abrir a porta do jardim. Mas, pobre Alice! Só conseguia ver o jardim deitada de lado no chão, e com um olho, pois agora até seu rosto era maior do que a porta.

Alice não viu outra saída: sentou no chão e chorou, chorou, chorou... "Não adianta brigar comigo mesma", pensou. "Estou triste demais." E continuou a derramar rios de lágrimas, até que se formou em torno dela um lago com um palmo de profundidade, que ia até o meio do salão. Alice só parou de chorar quando ouviu os passos do Coelho Branco, que voltava apressado, com luvas de pelica numa mão e um leque na outra, murmurando:

– Oh, a Duquesa! Ela vai ficar furiosa se eu a fizer esperar.

– Por favor, senhor Coelho... – pediu Alice, com timidez.

O Coelho levou tamanho susto que deixou cair as luvas e o leque no chão e fugiu o mais rápido que pôde. Alice pegou o leque e as luvas e, como estava quente, começou a se abanar, dizendo:

– Como as coisas parecem estranhas hoje! Ontem estava tudo normal... Será que mudei durante a noite? Eu era a mesma menina quando me levantei esta manhã? Acho que me senti um pouco diferente... Mas, se eu não sou mais eu, quem serei então?...

E Alice começou a lembrar de suas colegas da escola, para saber se tinha se transformado em alguma delas.

– Ada não sou, pois os cabelos dela são crespos e os meus são lisos... Também não sou Mabel, porque ela não sabe nada e eu sei muitas coisas... Vamos ver o que sei.... – tentou recordar a tabuada: – Quatro vezes cinco é igual a doze, quatro vezes seis é igual a treze e quatro vezes sete é igual a... Nossa, nem cheguei no vinte, esqueci tudo!... Vamos ver se lembro da Geografia... Londres é a capital de Paris e Paris é a capital de Roma... Ufa, está tudo errado! Acho que eu me transformei na Mabel, sim.

Enquanto falava, Alice tentava calçar as minúsculas luvas do Coelho. E não é que conseguiu? Aquilo a deixou muito intrigada...

– Como elas couberam em mim? Devo ter diminuído de novo!

Aproximou-se da mesa de vidro para comparar seu tamanho com o dela e ficou chocada. Tinha encolhido, sim. Pelas suas contas, estava com uns sessenta centímetros. E o pior é que não parava de diminuir. Só podia ser por causa do leque...

Alice jogou o leque longe, antes que sumisse de uma vez.

– Escapei por um triz! – exclamou, feliz por ainda existir.

E correu para a portinha do jardim. Agora poderia entrar nele. Mas... que azar! A porta se fechara novamente, e a chave dourada brilhava sobre a mesa, mais inacessível do que nunca... Alice bateu com os pés no chão, zangada, escorregou e... plaft! Viu-se quase afogada em água salgada. Teria caído no mar?

Mas não era o mar. Eram suas lágrimas. Aquelas que ela havia chorado quando estava com quase dois metros de altura.

"Eu não devia ter chorado tanto", pensou a menina, nadando em busca de um lugar seguro. "Que castigo! Estou me afogando nas minhas próprias lágrimas! Isso é triste e, ao mesmo tempo, é engraçado!"

Alice ouviu um barulho. Um animal vinha nadando, assustado.

– É um hipopótamo! – gritou, medrosa.

Logo constatou o engano. Onde já se viu hipopótamo com um palmo de altura? Era um rato, que, como ela, caíra no lago de lágrimas. Alice dirigiu-se a ele cheia de cerimônia, pois não sabia como o bichinho reagiria.

– Senhor Rato, poderia me dizer como sair daqui?

O Rato olhou para ela muito sério, sem responder. "Talvez ele não entenda minha língua, o inglês", pensou Alice. "Pode ser que seja um rato francês, vindo da França no porão de algum navio..." E, lembrando da primeira frase do seu livro de francês, perguntou:

– *Où est ma chatte*? (Onde está minha gata?)

O Rato saltou para fora d´água e começou a tremer.

– Oh, me desculpe – disse Alice. – Esqueci que ratos não gostam de gatos.

– Claro que não gostamos! Se fosse um rato, você gostaria?

– Bem, creio que não – respondeu a menina, com meiguice. – Mas não fique bravo. Eu gostaria de verdade que você conhecesse a Diná. Seriam amigos, tenho certeza. Ela é uma gatinha tão fofa! Rosna baixinho, lambe as patinhas... e sabe caçar camundongos como ninguém... Oh, desculpe-me de novo, senhor Rato! Nós não precisamos mais falar nesse assunto.

– Nós?! Essa é boa! – o Rato tremia das orelhas à cauda. – Como se eu quisesse falar sobre gatos! Minha família odeia gatos! Não repita esse nome perto de mim!

– Claro, seu Rato, sem problemas... Então... que tal falarmos sobre cachorros? Sabe, tem um cachorrinho lindo perto da minha casa. É um terrier de olhos brilhantes e pelo sedoso. Sabe pegar coisas que jogam pra ele, dá a patinha, pede comida... Seu dono sempre diz: "Este cachorro vale ouro, pois caça todos os ratos"... Ops! Desculpe-me de novo, senhor Rato, acho que tornei a ofendê-lo...

O Rato nem respondeu. Afastou-se depressa, respingando água para todos os lados. Alice chamou com doçura:

– Rato querido, volte! Prometo que não falarei mais sobre gatos nem sobre cachorros, acredite em mim!

Devagarzinho, o Rato voltou para junto da menina.

– Está bem – disse. – Vamos para a praia e eu contarei minha história. Assim você vai entender por que odeio gatos e cães.

Era mesmo hora de sair dali, pois o lago estava ficando cheio de aves e bichinhos que tinham caído na água. Havia um pato, um periquito, uma arara, um filhote de águia e outras criaturas. Alice foi nadando na frente, e a bicharada, atrás. Estavam todos ensopados, com as penas grudadas e os pelos murchos, pingando. Primeiro precisavam se secar. Alice e a Arara começaram a discutir sobre o melhor modo de fazer isso. O Rato as interrompeu e ordenou:

– Sentem-se e me escutem. Logo estarão secos.

Sentaram-se todos à volta do Rato e ele começou a recitar um poema chatíssimo, sem pé nem cabeça. Disse que era a poesia mais "secante" que conhecia. Os bichos continuavam tão molhados quanto antes, mas nenhum o interrompia. O Rato dirigiu-se a Alice:

– Como está agora, minha querida?

– Ensopada. Esse poema não serve para secar roupas.

Foi quando o Papagaio propôs outra estratégia:

– Vamos apostar uma corrida maluca!

– O que é uma corrida maluca? – perguntou Alice.

– Só correndo pra saber... – disse o Papagaio, enigmático.

Então ele desenhou no chão uma pista de corrida no formato de um círculo. O tamanho não importava, explicou. Cada bicho escolheu sua posição dentro do círculo. Não havia largada. Todos corriam à vontade, começando e parando quando quisessem. Depois de meia hora, estavam secos.

– Terminou a corrida – avisou o Papagaio.

– Quem ganhou? – os bichos quiseram saber.

– Todos! – disse o Papagaio. – E todos ganharão prêmios!

– Quem vai dar os prêmios? – perguntaram em coro.

– Ela, naturalmente – disse o Papagaio, apontando para Alice.

Alice ficou sem graça. O que fazer? Felizmente, achou no bolso um pacote de doces, salvos por milagre da água salgada. Havia exatamente um doce para cada bicho. O Rato lembrou:

– Ela também deve ganhar um prêmio, não acham?

– Lógico – disse o Papagaio. – O que mais tem no seu bolso?

– Apenas um dedal – respondeu Alice.

O Papagaio pegou o dedal e deu-o solenemente à menina:

– Pedimos que aceite este maravilhoso dedal!

A bicharada bateu palmas. Alice estava achando aquilo muito esquisito, mas não ousou rir. Só inclinou a cabeça, agradecendo. Os bichos trataram de comer os doces, na maior confusão. Uns tossiam, engasgavam, outros sapateavam. Quando acabaram, Alice lembrou o Rato de contar sua história. Era a razão de estarem ali...

– Minha história é muito triste... – começou o Rato, torcendo e retorcendo seu rabinho fino e comprido.

Aquilo era tão aflitivo que Alice, em vez de prestar atenção na história, só olhava para o rabinho.

– Você já deu cinco voltas nele, vai fazer um nó – avisou ela. – Quem vai desfazer esse nó? Deixe-me ajudar...

– Chega de me insultar! – irritou-se o Rato. – Não conto mais minha história, pronto! – E afastou-se, zangadíssimo.

– Que pena que ele não quer voltar! – exclamou a Arara.

Uma Carangueja aproveitou para ensinar uma lição à filha.

– Viu que feio, querida? Nunca perca a paciência...

– Ora, mamãe – replicou a Caranguejinha, malcriada. – Você tira a paciência até de uma ostra...

Alice fez de tudo para o Rato voltar. Acabou falando de novo na sua gata Diná, o que fez a bicharada toda fugir. Sozinha, ela começou a chorar outra vez. Então ouviu o ruído de uns passinhos. Cheia de esperança, Alice olhou na direção dos passos. Talvez fosse o Rato que, arrependido, voltava para continuar sua história.

3
A CASA DO COELHO BRANCO

MAS NÃO ERA O RATO, E SIM o Coelho Branco. Vinha devagar, olhando ao redor, como se tivesse perdido alguma coisa.

– Oh, a Duquesa! Oh, por meus pelos e minhas barbas! Ela mandará me executar, tenho certeza! – resmungava.

Alice percebeu que ele procurava o leque e as luvas e decidiu ajudá-lo. Mas tudo parecia mudado desde o banho no lago. Nem as luvas nem o leque estavam mais ali. O grande salão com a mesa de vidro e a portinha do jardim também haviam desaparecido.

Assim que viu Alice, o Coelho esbravejou, muito zangado:

– O que faz aqui, Ana Maria? Corra já para casa e me traga um leque e um par de luvas! Depressa, vamos!

Alice nem teve tempo de explicar o engano. Correu na direção que ele mandava, amedrontada, pensando: "Que susto ele vai levar quando descobrir que não sou a criada dele".

E logo chegou na frente de uma linda casinha, em cuja porta havia uma placa com o nome do dono: Coelho Branco. Alice entrou e subiu as escadas. E se a verdadeira Ana Maria estivesse ali? Iria expulsá-la, com certeza. "Que esquisito... ser criada de um coelho... Já pensou se a Diná começa a me dar ordens?", imaginou.

No topo da escada, sobre uma mesinha, encontrou o leque e as luvas. Pegou-os e já ia saindo quando avistou uma garrafinha. Nela não estava escrito "Beba-me", como da outra vez. Mas Alice, curiosa, abriu-a e cheirou seu conteúdo.

– Sempre que eu bebo ou como alguma coisa, acontece algo interessante – falou para si mesma. – Vamos ver qual será o efeito deste líquido. Espero que me faça crescer, pois estou cansada de ser tão pequenininha.

E foi exatamente o que aconteceu. Nos primeiros goles, a cabeça de Alice quase furou o teto. Para não quebrar o pescoço, ela se curvou todinha. Jogou a garrafa fora, assustada, dizendo:

– Como vou passar pela porta? Não devia ter bebido!

Mas era tarde. Alice crescia, crescia, crescia. Teve de ajoelhar no chão e tentou deitar, com um cotovelo na porta e outro debaixo da cabeça. E continuava crescendo! Colocou um braço para fora da janela e um pé dentro da lareira, gemendo: "Que será de mim?".

Ainda bem que parou por aí! O efeito mágico do líquido tinha passado. Alice respirou, aliviada. Mesmo assim, a posição em que estava era bem incômoda. Como poderia sair da casinha?

– Ah, por que deixei a minha casa? – choramingou Alice para si mesma, sentindo-se muito infeliz. – Lá eu não ficava esticando e encolhendo o tempo todo nem tinha de obedecer a ordens de ratos e coelhos. Por que fui descer pela toca do Coelho? Mas, por outro lado, coisas bem interessantes têm me acontecido... Quando eu lia contos de fadas achava tudo aquilo impossível, e agora estou vivendo uma história parecida. Quando crescer, vou escrever um livro... Ei, acho que não vou mais crescer, eu já cresci!

E Alice continuou imaginando:

– Isso quer dizer que não ficarei velha... nem terei cabelos brancos... Será que não precisarei mais ir à escola? Claro que não! Se nem eu mesma caibo aqui, de que jeito iria abrir um livro?

– Ana Maria! Ana Maria! – gritou o Coelho lá de fora. – Traga meu leque e minhas luvas imediatamente!

Alice ouviu passos na escada e tremeu de medo, a ponto de sacudir a casinha. Ela tinha se esquecido de que estava dez vezes maior do que o Coelho, portanto não havia perigo. O Coelho tentou abrir a porta, mas o cotovelo de Alice o impedia.

– Vou contornar a casa e entrar pela janela – ele decidiu.

"Isso é o que você queria", pensou Alice. "Mas não vai dar."

Estendeu a mão e abanou-a no ar, como quem dá adeus. Ouviu barulho de tombo e de latas caindo, seguido de vozes:

– Paty, Paty, onde está você? – berrava o Coelho.

– Cavando a horta, Ilustríssimo...

– Cavando? Venha me ajudar a sair de dentro disto...

Pelo ruído, Alice deduziu que o Coelho estava entalado na lata de lixo. Pouco depois, o diálogo prosseguiu:

– Repare só, Ganso. O que é aquilo saindo da janela?

– Um braço, Ilustríssimo – a voz do Ganso Paty se fez ouvir.

– Ficou doido? Onde já se viu um braço desse tamanho?

– Pois é como digo, Ilustríssimo. Apesar de estranho, trata-se de um braço com a respectiva mão em sua ponta.

– Então suba na janela e tire esse braço daí!

– Não vou fazer isso, Ilustríssimo, de forma alguma...

– Seu covarde! Faça como estou ordenando!

Alice tornou a abanar a mão e ouviu vozes assustadas e sons de latas virando. Quase chorando, pensou: "Será que eles vão me puxar? Não aguento mais ficar nesta posição horrível"...

Os planos dos bichos só ficaram claros para ela quando notou que transportavam uma escada, pois o Coelho perguntou:

– Onde está a outra escada? Precisamos das duas!

– O lagarto Bil pegou a outra – explicou Paty, o Ganso, e em seguida gritou: – Ei, Bil, traga a outra escada e venha nos ajudar!

– Vamos emendar as duas escadas com uma corda. Assim vocês alcançarão a janela – o Coelho ponderou.

Então era essa a ideia! De repente, Alice ouviu um barulhão e as vozes: "Oh, está caindo!"... Parecia que a manobra não estava dando certo... E de novo os bichos discutiam:

– Mais essa, agora.... Quem vai descer pela chaminé?

– Eu não vou, de jeito nenhum! Quem vai é o Bil!

– Ei, Bil, venha rápido! Você vai descer pela chaminé! – era o que ordenava a voz do Coelho, autoritária.

Alice achou a ideia perfeita! A lareira era pequena, bastava ela mexer o pé, chutar e... bumba! Mandaria Bil pelos ares...

Foi o que aconteceu. O Ganso e o Coelho Branco ficaram assustadíssimos ao ver o lagarto Bil ser lançado como um foguete da chaminé da casinha. Cercaram-no, preocupados:

– Cuidado, não se mexa! Você está machucado?

– Que foi isso, companheiro? Conte para nós!

Alice ouviu a vozinha fraca de Bil responder, aos soquinhos:

– Não sei... estou confuso... Alguma coisa veio pra cima de mim, como um boneco de molas... e me fez voar...

– Então vamos queimar a casa! – decidiu o Coelho.

Isso Alice não ia permitir. Falou bem alto, para todos ouvirem:

– Se queimarem a casa, minha gata Diná vai pegar vocês!

Seguiu-se um silêncio de morte. Qual seria a reação deles? Não demorou para Alice ouvir novos ruídos. E a voz do Coelho:

– Tragam um carrinho de mão bem cheio!

"Cheio de quê?", perguntou-se a menina. Nem teve tempo de adivinhar. Uma chuva de pedrinhas desabou sobre o telhado e atingiu a janela. Algumas caíram no seu rosto.

– Parem com isso ou eu chamo a Diná! – gritou Alice.

Mas então percebeu que as pedrinhas, mal caíam no chão, se transformavam em bolinhos. Se comesse um dos bolinhos, pensou, ia mudar de tamanho outra vez. E como já estava bem grande, com certeza diminuiria...

Alice engoliu um bolinho e, na mesma hora, começou a encolher. Ficou tão pequena que passou pela porta, desceu a escada e correu para fora, onde uma multidão de bichos e pássaros rodeava o pobre Bil, deitado no chão. Dois porquinhos-da-índia cuidavam dele, dando-lhe um remédio.

Todos se assustaram ao ver Alice, mas não puderam persegui-la, pois ela sumiu no bosque atrás da casa do Coelho.

– A primeira coisa que preciso fazer é voltar ao meu tamanho normal – disse a menina para si mesma. – A segunda é encontrar o caminho para aquele lindo jardim.

Como realizar os planos? Alice estava tão pequena que precisou se esconder de um cãozinho que brincava por ali. Se ele quisesse, poderia facilmente comê-la.

– Que pena! Se eu estivesse maior, poderia brincar com ele...

Quando o cachorro foi embora, ela voltou a caminhar:

– Para crescer, preciso comer algo. Mas o quê? Grama, folhas, flores?

Alice se apoiou num grande cogumelo, como se ele fosse um guarda-sol. Olhou-o por todos os lados, depois se esticou na ponta dos pés para ver se havia alguma coisa em cima dele. Arregalou os olhos, admirada. Sentada sobre o cogumelo, havia uma lagarta azul fumando um cachimbo, tranquilamente.

4 CONSELHOS DA LAGARTA

AS DUAS SE OLHARAM EM SILÊNCIO. Por fim, a Lagarta tirou o cachimbo da boca e perguntou, com a voz sonolenta:

– Quem é você?

"Boa pergunta", pensou Alice. Era o pior modo de iniciar uma conversa. Se nem ela mesma sabia mais quem era, como explicar à Lagarta as confusões que vinham acontecendo?

– Eu... bem... não sei direito, minha senhora... Até hoje cedo sabia muito bem quem eu era. Mas, depois de mudar tantas vezes, não sei mais...

– Mudar como? Explique-se! Não entendi!

– Não consigo explicar, senhora. Só sei que eu não sou mais eu mesma, está vendo?

– Não estou vendo nada – replicou a Lagarta.

– Talvez um dia possa entender – disse Alice, tentando achar um exemplo mais próximo. – Quando a senhora se transformar em crisálida e depois em borboleta, não ficará espantada?

– Nem um pouquinho. Já espero por isso.

– Bom... talvez seus sentimentos sejam diferentes dos meus. Pra mim essas transformações parecem muito estranhas.

A Lagarta olhou bem nos olhos de Alice e tornou a dizer:

– Você! Afinal, quem é você?

Alice ficou muito irritada. Não fazia sentido voltar ao início da conversa. Deu as costas e foi se afastando.

– Volte! – gritou a Lagarta. – Vou lhe dizer algo interessante!

A menina parou, pensou e acabou voltando. A Lagarta fumava seu cachimbo em silêncio. De repente, tirou-o da boca e aconselhou:

– Seja mais paciente...

– Ah, é só isso? – perguntou Alice, engolindo a raiva.

A Lagarta mantinha os braços cruzados, fumando. Depois, devagarzinho, descruzou-os e continuou:

– Então você acha que mudou, é?

– Mudei, sim, senhora – respondeu Alice. – Não consigo me lembrar de coisas que sabia antes. E, a cada dez minutos, fico de um tamanho diferente...

– Não pode se lembrar do quê?

– Das matérias que eu estudava... De poesias que sabia... De nada mesmo.

A Lagarta procurou encorajar Alice, repetindo junto com ela os versos de um longo poema. Mas não funcionou.

– Está tudo errado – disse Alice, quando acabou.

– É verdade – concordou a Lagarta, soltando outra baforada.

Fez-se um longo silêncio, até que a Lagarta perguntou:

– De que tamanho você quer ficar?

– Não tenho preferência. Só não quero ficar mudando...

– Está contente com sua altura atual?

– Bem, eu gostaria de crescer um pouco – disse Alice. – Ter oito centímetros de altura é simplesmente ridículo!

– Não concordo! – explodiu a Lagarta, furiosa, se levantando. – Oito centímetros é uma ótima altura!

Alice logo compreendeu a razão da braveza: a Lagarta media exatamente oito centímetros. A menina ficou embaraçada.

– Desculpe, dona Lagarta. Não quis ofendê-la. É que eu não estou acostumada com este tamanho...

Desta vez o silêncio da Lagarta se prolongou. Alice esperou pacientemente. Por fim, a Lagarta desceu do cogumelo e afastou-se um pouco dele, cantarolando:

– Um lado faz crescer... O outro lado faz encolher...

"Um lado de quê? Outro lado de quê?", pensou Alice.

– Do cogumelo – disse a Lagarta, como se tivesse ouvido. E sumiu rapidamente no bosque.

Alice ficou olhando o cogumelo. A questão era difícil. Se ele era todo redondinho, a que lados a Lagarta se referia? Alice andou à volta do cogumelo, esticou os braços e quebrou uma pontinha de cada borda. Só faltava saber qual delas fazia crescer e qual fazia encolher. Só experimentando para sentir o efeito...

Mordeu primeiro o pedacinho da mão direita. Que tremendo susto! Encolheu tão depressa que seu queixo chegou aos pés. Mal havia espaço para abrir a boca. A custo, Alice conseguiu mordiscar e engolir o pedacinho da mão esquerda. "Estou salva", pensou.

Puro engano! Esticou tanto, tanto, que seu pescoço ficou igual ao de uma girafa, muito maior do que o corpo. Já não via os pés nem sequer os ombros. Em compensação, podia enxergar o topo das árvores e mover a cabeça em qualquer direção.

– Serpente! – gritou uma Pomba, batendo as asas no rosto da menina, violentamente.

– Pare com isso, não sou serpente!

– É, sim! Vocês, serpentes, estão sempre à espreita ... Como se não me bastasse o trabalhão de chocar os ovos... Já tentei em todos os lugares: em cercas, telhados, ribanceiras, e agora nas copas das árvores... Justamente quando encontrei a árvore mais alta do bosque, me aparece você. Tenho que vigiar as serpentes...

– Desculpe, dona Pomba, eu não sou uma serpente...

– Ah, não? E o que é, então? Pode me dizer?

– Eu sou... uma menina! – respondeu Alice, embora nem ela mesma, depois de tantas mudanças, estivesse acreditando.

– Mentira! – gritou a Pomba, com desprezo. – Já vi muitas meninas na minha vida, mas nunca com um pescoço igual ao seu. Você é uma serpente, não negue! Tem coragem de dizer que nunca comeu um ovo?

– Já comi ovos, claro. Todas as meninas comem ovos.

– Não acredito! – replicou a Pomba. – Se as meninas comem ovos, elas são iguais às serpentes.

Aquela ideia era tão nova para Alice que ela precisou pensar antes de responder.

– Fique tranquila, dona Pomba, não estou atrás de seus ovos. Não gosto de ovos de pomba e muito menos crus.

– Então vá embora! – disse ela, voltando para o seu ninho.

Alice abaixou-se o quanto pôde. Mesmo assim, o pescoço se enganchava nos galhos das árvores e a menina demorava a desenroscá-lo. Depois de certo tempo, lembrou que ainda tinha uns pedacinhos de cogumelo nas mãos. Começou a morder de um lado, depois de outro, até que voltou ao tamanho natural.

Fazia tanto tempo que Alice não estava da altura real que no início se atrapalhou. Mas logo se acostumou.

– Pronto, tudo resolvido! – exclamou, aliviada. – Que coisa mais desagradável ficar mudando o tempo todo! Agora só preciso encontrar aquele lindo jardim. Onde estará ele?

Enquanto falava, Alice percebeu que havia chegado perto de uma linda casinha, de pouco mais de um metro de altura.

– Quem será que mora aí? Se for visitá-los, tenho de encolher de novo, senão eles ficarão assustados com a minha altura.

Dizendo isso, a menina mordiscou o pedacinho de cogumelo da mão direita e só se aproximou da casa quando estava com mais ou menos vinte e cinco centímetros.

5
PORCO E PIMENTA

POR ALGUM TEMPO, ALICE FICOU admirando a casinha. Será que deveria entrar? Bater na portinha? Esperar que alguém a convidasse?

Um som de passos apressados veio do bosque. E logo surgiu entre as árvores uma estranha figura: não fosse pelo uniforme de mordomo, Alice diria tratar-se de um peixe. Um Peixe-Mordomo: era isso! Ele bateu na porta e foi recebido por um colega de profissão não menos esquisito: um Sapo-Mordomo, com a cara redonda e os olhos enormes. Ambos tinham cabelos encaracolados e grudados na cabeça, formando uma espécie de topete.

O Peixe-Mordomo entregou uma carta ao Sapo-Mordomo, curvando-se solenemente e dizendo:

– Para a Duquesa. Um convite da Rainha para jogar críquete.

O Sapo-Mordomo fez o mesmo gesto solene e repetiu:

– Da Rainha. Um convite para a Duquesa jogar críquete.

Seus topetes se enroscaram e foi um custo para desfazerem os nós. Aquilo era tão engraçado que Alice precisou esconder-se no bosque para rir à vontade. Quando voltou a espiar a casa, o Peixe-Mordomo fora embora e o Sapo-Mordomo estava sentado no chão, diante da porta. Alice foi até lá e bateu.

– Não adianta bater, porque eu, que deveria atender, estou do mesmo lado que você. E também porque lá dentro estão fazendo tanto barulho que ninguém vai ouvir – explicou o estranho criado.

De fato, o barulho era infernal: rugidos, espirros, sapateados, uivos e, de vez em quando, pratos e panelas rolando pelo chão era o que se ouvia na frente da casinha. Mas Alice insistiu:

– Então, o que devo fazer para entrar?

– Até amanhã ficarei aqui sentado – disse o Sapo-Mordomo. – Ou, quem sabe, até depois de amanhã...

Ele olhava o céu com cara de bobo, sem dar a menor atenção às palavras da menina.

– O senhor pode me dizer como entrar, por favor? – berrou Alice, já perdendo a paciência.

– Ah, você quer entrar? Primeiro preciso saber... É que vou ficar sentado aqui até amanhã, talvez até depois de amanhã...

– Não adianta mesmo falar com ele! É um idiota! – murmurou Alice, empurrando a porta e entrando sem perguntar mais nada.

A porta dava para uma cozinha toda esfumaçada, onde uma cena estranhíssima acontecia. Sentada num banquinho de três pés, a Duquesa ninava um bebê, enquanto a cozinheira mexia um caldeirão de sopa no fogão. O mais curioso era que quase todos ali espirravam. Decerto havia muita pimenta no ar.

– Atchim!... Atchim!... – Alice espirrou também. – Essa sopa deve estar apimentada pra caramba! Atchim!... Atchim!...

Só quem não espirrava era um gatão simpático, que assistia a tudo sentado no chão, rindo de orelha a orelha.

– Nunca vi um gato dando risada. Do que ele está rindo?

– É típico da raça dele. É um gato inglês, o Gato-Que-Ri – disse a Duquesa. E de repente mudou de tom, berrando: – Porco!

Alice percebeu que o berro era dirigido ao bebê. Antes que ela perguntasse por que a Duquesa chamava a criança de porco, a cozinheira tirou o caldeirão do fogo e começou a jogar seu conteúdo sobre eles. Choviam molhos, macarrão, depois pratos e travessas pela cozinha inteirinha...

A Duquesa não dava a mínima, mesmo quando algum objeto atingia sua cabeça ou um fio de macarrão se enrolava no seu nariz. E, como o bebê já chorava fazia tempo, não dava para saber se ele estava se machucando.

Alice pulava de cá para lá, tentando desviar-se dos ataques.

– Preste atenção, cuidado! – gritou para a Duquesa quando uma frigideira voou rente ao nariz dela, quase arrancando-o.

A Duquesa continuava impassível, ninando o bebê com tal força que o pobrezinho quase perdia o fôlego de tanto chorar.

– Quer carregar um pouco? – ela ofereceu o bebê a Alice. – Eu vou me vestir para o jogo de críquete da Rainha.

Alice pegou-o no colo. Ele esperneava, berrava, fungava e resfolegava como uma locomotiva. Para mantê-lo quieto, Alice enroscou-o fazendo um nó, unindo sua orelha direita ao pé esquerdo. A criaturinha logo parou de espirrar. Então os dois saíram ao ar livre.

– Grum! Grum! Grum!... – grunhiu o bebê.

– Que barulho é esse? Parece um ronco!

Alice olhou o rosto dele, alarmada, e não teve mais dúvidas: o nariz arrebitado e rombudo era um focinho! Ela não tinha nos braços um bebê, e sim um gorducho e rosado leitãozinho. Abaixou-se e o deixou no chão. O Porquinho saiu correndo, feliz da vida.

Foi quando Alice deu de cara com o Gato-Que-Ri. Trepado num galho de árvore, ele impunha respeito devido aos dentes afiados e às garras compridas. A menina se aproximou, timidamente.

– Gato-Que-Ri... – começou, baixinho.

Ele só fez rir mais alto ainda.

– O senhor pode me dizer pra que lado do bosque devo ir?

– Depende – disse o Gato-Que-Ri. – Pra onde você quer ir?

– Pra qualquer lugar – respondeu a menina.

– Ora bolas! Vá pra qualquer lado, então!

Alice não desanimou. Tentou perguntar de outro jeito.

– Que tipo de gente mora aqui?

O Gato-Que-Ri abanou a pata direita e mostrou:

– Nesta direção mora o Chapeleiro. E nesta – indicou o lado oposto, abanando a pata esquerda – mora a Lebre Doidona. Tanto faz visitar um ou outro. Os dois são malucos.

– Mas eu não quero visitar gente maluca – disse Alice.

– Isso não dá pra evitar – explicou o Gato. – Todos nós aqui somos malucos. Eu sou maluco e você é maluca.

– Quem disse que sou maluca? – Alice se ofendeu.

– Ora bolas! Se você fosse normal, não andaria por aqui.

Alice não achava que o fato de estar ali provasse que ela era maluca, mas preferiu continuar perguntando:

– E você, como sabe que é maluco?

– É simples – afirmou o Gato-Que-Ri. – Se um cachorro está bravo, ele gane, e se está contente ele abana o rabo, certo? Pois eu faço tudo ao contrário: fico ganindo quando estou alegre e abano o rabo quando me zango. Por isso sou maluco.

– Gatos não ganem, eles rosnam – corrigiu Alice.

– Pois chame como quiser! – o Gato sacudiu os ombros e mudou de assunto. – Você vai jogar críquete com a Rainha?

– Bem que gostaria, mas não fui convidada – disse a menina.

– Então nos encontraremos lá – respondeu o Gato-Que-Ri, como se não tivesse ouvido o que ela dizia. E desapareceu.

Alice nem se surpreendeu. Já estava se acostumando com aquelas esquisitices. Dali a pouco o Gato voltou:

– Onde está o bebê? – indagou. – Esqueci de perguntar.

– Transformou-se num leitão – disse Alice, como se aquilo fosse a coisa mais natural do mundo.

– Ah, então está bem – disse o Gato-Que-Ri, com um risinho zombeteiro. – Desta vez vou desaparecer bem devagarinho.

E foi o que fez. Primeiro desapareceu o rabo, depois as patas de trás... as da frente e o corpo. Então sumiram as orelhas, os olhos e o bigode, restando só o riso. O riso demorou um tempão no ar, depois que o resto do Gato já havia sumido.

– Que coisa incrível! – exclamou Alice. – Já vi muito gato sem riso, mas riso sem gato é a primeira vez!

Ao se ver sozinha, Alice decidiu caminhar na direção da casa da Lebre Doidona. Logo a encontrou. Não foi difícil identificá-la, pois a chaminé tinha o formato de orelhas e o telhado era coberto por um tapete felpudo, todo branco, feito de pelos.

A casa era tão grande que, antes de chegar perto dela, Alice comeu um pedacinho do cogumelo da mão esquerda. Só depois de crescer até setenta centímetros é que empurrou o portão do jardim.

6 UM CHÁ MUITO DOIDO

NA FRENTE DA CASA, À SOMBRA de uma árvore, havia uma mesa posta para o chá. Sentados em cadeiras confortáveis, o Chapeleiro e a Lebre Doidona faziam uma refeição. Entre os dois, dormindo e roncando, um Ratão servia de almofada aos cotovelos.

"Que posição incômoda a do Ratão", pensou Alice.

Outra coisa incompreensível era estarem os três apertados em um canto da mesa, quando havia espaço de sobra nela.

– Saia daí! Não há lugar! – gritaram a Lebre e o Chapeleiro ao verem Alice se sentar à cabeceira, sem a menor cerimônia.

– Há muito lugar, sim! – replicou a menina, indignada.

– Aceita vinho? – ofereceu a Lebre Doidona, gentil.

Alice olhou para a mesa e só viu um bule de chá.

– Onde está o vinho? – perguntou, de mau humor.

– Não há vinho, só chá – confirmou a Lebre.

– Então não ofereça, que é indelicado, ouviu?

– Sentar sem ser convidada também é.

O Chapeleiro nada dizia, só olhava Alice com curiosidade.

– Você devia cortar seu cabelo – ele disse, de repente.

– E você devia aprender a não se meter na vida dos outros.

O Chapeleiro arregalou os olhos, surpreso, e perguntou:

– Qual a semelhança entre um urubu e uma escrivaninha?

Alice achou que ia se divertir, pois adorava charadas, mas pensou, pensou, e não encontrou a resposta. Ficaram em silêncio. O Chapeleiro tirou o relógio do bolso do colete e sacudiu-o.

– Que dia do mês é hoje?

– Hoje é... espera aí... dia quatro... – Alice respondeu.

– Dois dias atrasado! – reclamou o Chapeleiro, chacoalhando o relógio. E, dirigindo-se à Lebre Doidona, mudou de assunto: – Esta manteiga está estragada!

– Foi a melhor que encontrei – ela se desculpou.

– Tem gosto de sabão. Você a cortou com a faca do sabão!

A Lebre mergulhou o relógio na xícara de chá e repetiu:

– Foi a melhor manteiga que encontrei, saiba você.

Alice examinou o relógio do Chapeleiro e estranhou:

– Que engraçado! Ele marca o mês e não marca as horas...

– Claro que não! Por que haveria de marcar as horas? Por acaso o seu relógio diz em que ano estamos?

Alice não aguentava mais essa conversa sem pé nem cabeça. Para completar, o Chapeleiro derramou chá quente no nariz do Ratão, que continuava dormindo, e perguntou a Alice:

– Então, já decifrou o enigma?

– Não, eu desisto. Qual é a solução?

– Não tenho a menor ideia – reconheceu o Chapeleiro.

– Nem eu – concordou a Lebre Doidona.

Alice deu um suspiro e disse, o mais delicadamente que pôde:

– Acho que vocês poderiam empregar melhor o tempo em vez de perdê-lo com charadas sem resposta.

– Se você conhecesse o Tempo tão bem quanto eu, não diria "gastar o tempo" ou "perder o tempo" – avisou o Chapeleiro.

– O que quer dizer? Não estou entendendo.

– Você nunca falou com o Tempo?

– Claro que não! Quando estudo música eu marco o tempo.

– Então é isso: ele não suporta marcação. Já se o tratar bem, ele fará o que você quiser. Se forem, por exemplo, oito horas, hora de ir pra escola, e você pedir com jeitinho, ele rodará os ponteiros do relógio e... pronto! Vai ser meio-dia, hora de sair da escola.

– Ah, se fosse verdade! – suspirou Alice. – Você já tentou?

O Chapeleiro negou, com um gesto triste. Ele e o Tempo estavam brigados havia meses, contou, desde que cantara uma música na festa da Rainha de Copas e acontecera algo terrível.

– A Rainha não gostou da música e disse: "Ele está matando o tempo! Cortem a cabeça dele!" – relembrou o Chapeleiro.

– Que horror! – Alice arrepiou-se toda.

– Pois é. Não me cortaram a cabeça, mas o Tempo acreditou que eu queria matá-lo, brigou comigo e não faz mais o que eu peço. Veja só: pra mim são sempre cinco horas da tarde.

– É por isso que vocês jogam fora a louça? – perguntou Alice, como se uma ficha tivesse caído pra ela naquele momento.

– Isso mesmo – confirmou o Chapeleiro. – É sempre hora do chá. Não temos tempo de lavar a louça.

– Quer dizer que, mal terminam um chá, já começam outro?

– Exatamente. Vamos usando as xícaras e jogando-as fora.

– Estou farta deste assunto – bocejou a Lebre Doidona. – Quero que a menina nos conte uma história bem bonita.

– Me desculpem, não sei contar histórias – Alice se envergonhou.

– Então o Ratão vai contar! – gritaram a Lebre e o Chapeleiro.

Alice reforçou o pedido:

– Conta, Ratão, conta!

O Ratão não se fez de rogado e começou, com a voz rouca:

– Era uma vez três irmãzinhas chamadas Eli, Luci e Tili. Elas viviam no fundo de um poço.

– E o que elas comiam? – Alice quis saber.

– Comiam melado – disse o Ratão, após pensar um pouco.

– Só melado o tempo todo? Elas ficariam doentes...

– E ficaram... Muito doentes... – o Ratão concordou.

– Mas por que elas moravam no poço? – Alice insistiu.

– Tome mais chá, querida – ofereceu a Lebre Doidona.

– Se eu ainda não tomei nenhum chá, como poderia tomar mais? – retrucou Alice, ofendida.

– Se quiser, pode tomar menos – sugeriu o Chapeleiro.

– Ninguém pediu sua opinião! – gritou Alice, servindo-se de chá, pão e manteiga, antes de voltar à história.

– Por que elas moravam no fundo do poço?

– Era um poço de melado – respondeu o Ratão.

– Um poço de melado? Isso não existe! – Alice zangou-se.

O Ratão parou e observou com ar desolado.

– Se não acredita no que estou dizendo, é melhor você mesma terminar a história, então.

– Não, não... Por favor, me desculpe. Continue, senhor Ratão.

– As três irmãs estavam aprendendo a desenhar – continuou ele. – Elas gostavam muito de desenho.

– O que elas desenhavam? – perguntou Alice.

– Melado – respondeu o Ratão.

– São cinco horas de novo. Quero uma xícara limpa. Vamos mudar de lugar, pois não dá para lavar a louça – disse o Chapeleiro.

Ele mudou para um lugar limpo, o Ratão foi para o lugar do Chapeleiro, a Lebre Doidona ocupou o lugar que o Ratão deixou vazio e Alice foi para onde a Lebre estava antes. Foi quem teve pior sorte, pois a Lebre havia derrubado leite sobre a mesa.

– Não compreendo – insistiu Alice. – Se elas estavam dentro de um poço de melado, como poderiam desenhar melado?

– Ora bolas, desenhando! – irritado, o Ratão esfregou os olhos sonolentos. – Desenhavam coisas que começam com a letra M, como Música, Montanha, Memória, Montão...

– Como é que se desenha um Montão? – continuou Alice, mas o Ratão já dormia profundamente.

Alice achou que era muita grosseria dele. Levantou da mesa e saiu do jardim, pois estava farta de tanta doideira. No fundo, tinha esperança de que o Chapeleiro e a Lebre Doidona a chamassem de volta, mas... que nada! Olhou para trás e viu que eles nem haviam dado pela falta dela. Estavam ocupadíssimos, tentando enfiar o coitado do Ratão dentro do bule de chá...

– Nunca mais volto aqui! Chega de maluquice! – disse Alice consigo mesma.

De repente, outra coisa estranha. O que havia na sua frente? Uma árvore em cujo tronco havia uma portinha... Empurrou-a e entrou. Lá dentro, teve uma nova surpresa: estava de novo no salão, perto da mesinha de vidro, sobre a qual brilhava uma chave.

Desta vez, Alice não bobeou. Pegou a chavezinha dourada e abriu a porta do jardim. Em seguida, tirou do bolso um restinho de cogumelo que guardara e comeu um pedaço, depois outro, e outro, até ficar com trinta centímetros de altura. Aí foi fácil: mais que depressa, atravessou a portinha e entrou. Extasiada, Alice respirou fundo. Finalmente, encontrava-se naquele jardim encantador, entre canteiros de flores coloridas, fontes e repuxos de água fresca.

7
O ESTRANHO JOGO DA RAINHA

NA ENTRADA DO JARDIM HAVIA uma roseira. Suas rosas eram brancas, com lindas pétalas aveludadas, mas os três jardineiros que cuidavam dela não pareciam reconhecer sua beleza. Eles estavam simplesmente pintando-a de vermelho, rosa por rosa!

Alice achou aquilo muito estranho e se aproximou para ouvir o que eles diziam.

– Cuidado, Cinco! Não jogue tinta em cima de mim!

– Não tive culpa. Foi o Sete que empurrou meu cotovelo!

– Sempre jogando a culpa nos outros, hein, Cinco!

– Cale a boca, Sete! Ouvi dizer que a Rainha vai decapitá-lo...

– Ah, é? E por quê?

– Você sabe muito bem. Levou-lhe tulipas cozidas em vez da sopa de cebolas que ela pediu...

O Sete largou o pincel, murmurou “Que injustiça!”, e só então descobriu Alice. Estremeceu dos pés à cabeça. Ele e os outros jardineiros se curvaram diante da menina, fazendo uma profunda reverência.

– Por que estão pintando de vermelho estas rosas tão branquinhas e delicadas? – Alice perguntou.

O Cinco e o Sete se calaram. Foi o Dois quem respondeu:

– Esta roseira deveria ser vermelha, como as outras, mas por engano plantamos uma branca. Se a Rainha descobrir, vamos ser degolados. Então, antes que ela chegue, estamos fazendo...

– A Rainha! A Rainha! – gritou o Cinco, nervoso.

Os três jardineiros se atiraram de bruços no chão. Alice ouviu passos fortes, como se um batalhão se aproximasse. E era mesmo!

Na frente vinham dez soldados empunhando bandeiras, todos chatos e retangulares como os jardineiros, com as mãos e os pés nos cantos. Depois, dez cortesãos andando em duplas, as roupas enfeitadas com brilhantes. Em seguida, os príncipes e as princesas. Eles pulavam, alegres, e suas roupas exibiam corações vermelhos.

– Que engraçado! São cartas de baralho! – Alice percebeu.

Os convidados se aproximavam. Entre eles estava o Coelho Branco, que passou por Alice sem reconhecê-la.

Fechando o cortejo vinham o Valete de Copas, carregando a coroa do Rei sobre uma almofada de veludo vermelho, e, por fim, de braços dados, o Rei e a Rainha de Copas.

Alice não sabia se deveria esticar-se de bruços no chão, como os jardineiros. Resolveu continuar de pé.

– Quem é esta? – perguntou a Rainha ao Valete de Copas.

Ele apenas se inclinou humildemente. A Rainha gritou:

– Seu idiota! – E, com um piparote, fez o Valete de Copas erguer a cabeça.

– Como se chama, garota? – dirigiu-se diretamente a Alice.

– Meu nome é Alice, Majestade. Às suas ordens.

– E quem são estes?

Deitados de costas, o Cinco, o Sete e o Dois eram idênticos, pois o avesso de todas as cartas do baralho tem o mesmo desenho.

– Como posso saber? Isso não é da minha conta.

A Rainha ficou vermelha de raiva.

– Cortem a cabeça dela! Cortem logo! – ordenou.

O Rei tentou acalmar a esposa, dizendo com delicadeza:

– Deixa pra lá, querida. Ela é apenas uma criança...

– Vire esses três de frente! – ordenou a Rainha ao Valete.

O Valete obedeceu. Assim que foram virados, os jardineiros ficaram de pé e se puseram a fazer reverências.

– Parem com isso! – gritou a Rainha. – O que faziam aqui?

Em vão eles tentaram explicar. Chegaram a ficar de joelhos. A Rainha examinou as rosas pintadas de vermelho e decidiu:

– Cortem a cabeça deles!

Três soldados saíram do cortejo para executar os infelizes. Mas Alice não ia deixar que uma barbaridade dessas acontecesse. Escondeu os jardineiros num jarro que viu num canto. Os soldados, confusos, desistiram de procurá-los e continuaram andando.

Certa de que suas ordens haviam sido cumpridas, a Rainha reparou novamente em Alice e perguntou:

– Você sabe jogar críquete?

A menina respondeu que sim e foi incorporada ao grupo. Por coincidência, ficou bem ao lado do Coelho Branco.

– Lindo dia, não acha? – Alice puxou conversa com ele. – Onde está a Duquesa?

– Psssiu... – fez o Coelho, baixinho. – Foi condenada à morte, coitada. Chegou um pouco atrasada e a Rainha mandou...

Estavam diante do campo de críquete.

– Tomem seus lugares! – disse a Rainha, com voz de trovão.

Todos obedeceram e, em poucos minutos, o jogo começou.

Alice nunca tinha visto um jogo de críquete mais engraçado! Esse jogo de origem inglesa é praticado num campo amplo e plano. De cada lado do campo são fincados dois grupos de três arcos. O objetivo dos jogadores é derrubar os arcos da equipe adversária usando uma bola de madeira empurrada com um taco.

O campo de críquete da Rainha, ao contrário, era irregular, cheio de montinhos e buracos. Ouriços vivos faziam o papel das bolas e flamingos eram usados no lugar dos tacos. Já os arcos eram representados pelos soldados-cartas-de-baralho, que se curvavam mantendo os pés e as mãos no chão.

Bastaram poucos minutos para Alice concluir que aquele era um jogo impossível de jogar. O mais difícil era manejar o flamingo. Alice colocou um sob seu braço, ajeitando suas pernas presas para trás. Cada vez que ia pegá-lo pelo pescoço e golpear o ouriço, a ave se retorcia inteira e a menina caía na risada. E, quando ela conseguia dominar o flamingo, era o ouriço que fugia para bem longe.

Os soldados, esquecidos de que os arcos deveriam ser imóveis, saíam andando pelo campo. Além disso, todo mundo jogava ao mesmo tempo, sem esperar sua vez. Os jogadores viviam caindo e se esbarrando uns nos outros. No meio da confusão, o que mais se ouvia era o vozeirão da Rainha, gritando a torto e a direito:

– Cortem a cabeça dela! Decepem a cabeça dele!

Alice resolveu escapar dali. Tentava sair sem ser vista quando ouviu um riso no céu. Não precisou pensar muito para concluir:

– Só pode ser o Gato-Que-Ri! Vou esperar que as orelhas dele apareçam, senão como ele poderá me escutar?

Logo foram surgindo os olhos, as orelhas, a cabeça inteira... O Gato decidiu parar por aí. Não queria se mostrar mais.

– Está gostando do jogo? – ele perguntou a Alice.

– Para ser sincera, não. Ninguém obedece às regras, é uma confusão. E os bichos, então? Meu ouriço acaba de fugir, veja só.

– Você gosta da Rainha? – o felino continuou.

– Não... – respondeu Alice. – Ela é tão...

Ao ver a Rainha ao seu lado, porém, mudou o que ia dizer:

– ... tão boa no jogo que certamente ganhará a partida.

A soberana sorriu, satisfeita, e voltou a jogar.

– Com quem você está falando, menina? – perguntou o Rei, olhando muito espantado a cabeça do gato.

– Com meu amigo, o Gato-Que-Ri. Deixe-me apresentá-los.

– Detesto cabeças voadoras! Mas ele pode beijar minha mão.

– Não beijo mão de ninguém, ora essa! – ofendeu-se o Gato.

– Não seja malcriado! – o Rei também se ofendeu.

Irritado, o soberano chamou a esposa de lado e pediu:

– Querida, suplico-lhe que mande levar este Gato daqui.

– Cortem-lhe a cabeça! – gritou a Rainha, como de costume.

Entre o casal real e o carrasco começou uma discussão acalorada sobre o assunto. "Como cortar uma cabeça sem corpo?", perguntava o carrasco. Alegava que nunca havia feito isso e que estava velho para aprender. O Rei argumentava que qualquer cabeça poderia ser cortada, e a Rainha gritava que se suas ordens não fossem cumpridas ela mandaria decapitar todos os presentes.

Foi Alice quem teve uma ideia para solucionar o problema.

– O Gato pertence à Duquesa. Por que não a trazem aqui?

– A Duquesa está na prisão – informou a Rainha com uma frase seca, e em seguida ordenou ao carrasco: – Traga-a para cá, vamos!

O carrasco saiu e o Gato começou a desaparecer. Quando o homem voltou com a Duquesa, o bichano havia sumido totalmente. Só Alice, olhando o céu, ainda podia ouvir um risinho zombeteiro.

8
O GRIFO E A TARTARUGA

– QUE PRAZER EM REVÊ-LA, QUERIDA! Não sabe como estou feliz por encontrá-la aqui!

A Duquesa deu o braço a Alice com muita intimidade, como se fossem velhas amigas. Seguiram andando juntas. "Talvez seu mau humor na cozinha fosse por causa da pimenta", pensou a menina.

Alice gostava de descobrir novidades desse tipo. Perdeu-se de tal maneira nos pensamentos que se desligou do que estava acontecendo no jogo de críquete.

"O vinagre deixa as pessoas azedas... O café torna quem o bebe um pouco amargo... Já o açúcar traz doçura e bom humor. Se os adultos se ligassem nessas coisas, deixariam as crianças comer todos os doces que quisessem", Alice prosseguia seu raciocínio.

– No que está pensando, querida? Diga-me o que é e eu lhe direi a moral da história – sussurrou a Duquesa.

Alice levou um susto. A Duquesa tinha chegado perto demais, falava dentro de seu ouvido. Era baixinha e feia que só! Enquanto falava, apoiava seu queixo agudo e incômodo no ombro da menina, como se fosse um suporte.

Alice não queria ser indelicada, por isso só mexeu um pouco o corpo para evitar que o queixo da Duquesa lhe espetasse os ossos.

– Talvez não exista uma moral no que eu pensava... – sorriu.

– Toda história tem uma moral – a Duquesa afirmou.

– O jogo melhorou, não? – Alice tentou mudar de assunto.

– É verdade – concordou a Duquesa. – A moral disso é: "O amor, e apenas o amor, faz o mundo girar".

– Eu ouvi dizer que o mundo só gira quando cada um cuida da própria vida e não se mete com a dos outros – respondeu Alice.

– Exato, é a mesma coisa – disse a Duquesa em tom animado. E acrescentou: – E a moral disso é: "Cuide do sentido da frase e os sons das palavras cuidarão de si mesmos".

"Que engraçada essa mania de encontrar uma moral da história em tudo", pensou Alice.

E a Duquesa continuou, depois de uma pequena pausa:

– Sabe, querida, você deve estar se perguntando por que eu ainda não passei o braço à volta da sua cintura. É que não confio no seu flamingo. Estou certa ou devo arriscar?

Alice, que não queria de jeito nenhum ver o braço da Duquesa na sua cintura, confirmou a suspeita dela.

– É verdade. Meu flamingo é bem capaz de bicá-la.

– É como eu digo: flamingos e mostardas, ambos bicam – disse a Duquesa. – A moral da história é: "Pássaros da mesma cor voam para onde um deles for".

– Mas a mostarda não bica – observou Alice. – Ela não é um pássaro, é uma planta, um vegetal.

– Certíssimo, querida. Você tem toda a razão. E a moral disso é: "Quanto mais tenho para mim menos sobra para os outros".

Alice não conseguia mais prestar atenção na conversa. Seus pensamentos voavam, enquanto a Duquesa, incansável, prosseguia com novas frases. De repente, a voz dela parou e o braço, enroscado no de Alice, começou a tremer. O que teria acontecido?

A resposta estava ali na frente. Alice levantou os olhos e deu com a Rainha, de braços cruzados, olhando a Duquesa com a testa franzida e uma cara de tempestade prestes a desabar.

– Que lindo dia, Majestade!... – começou a Duquesa com um sorrisinho amarelo.

– Lindo dia, é? – respondeu a Rainha, furiosa. – Pois faça uma escolha: ou você ou sua cabeça devem sumir daqui!

A Duquesa, é claro, escolheu desaparecer bem depressa. Embora assustada, Alice não teve outra alternativa senão seguir a Rainha de volta ao campo de críquete.

Aproveitando a ausência dela, os jogadores descansavam à sombra das árvores. Quando a viram, voltaram correndo aos seus lugares, fingindo interesse pelo jogo. Ainda bem que a Rainha não percebeu, pois a pausa poderia ter custado a vida dos convidados. Durante o jogo, a soberana não fizera outra coisa senão condenar as pessoas à morte. Ninguém estava livre de sua raiva. Sua voz forte não parava de ordenar:

– Cortem a cabeça dele! Decepem a cabeça dela!

Para tomar conta dos condenados, os soldados abandonavam o papel de arcos e deixavam o jogo. No final, todos os jogadores, exceto Alice e o Rei, estavam presos e sob sentença de morte.

Quando sentiu-se exausta de gritar e jogar, a Rainha chamou Alice de lado e perguntou:

– Você conhece a Tartaruga Fingida?

– Não, senhora. Não sei o que é uma Tartaruga Fingida.

– Dela é feita a Sopa de Tartaruga Fingida – disse a Rainha.

– Nunca ouvi falar dessa sopa.

– Então venha comigo. A Tartaruga vai lhe contar sua história.

Enquanto as duas saíam, Alice ouviu o Rei dizer baixinho:

– Ninguém morrerá. Vocês estão todos perdoados.

"Que ótimo!", pensou Alice, que ficava triste de imaginar as tantas execuções que a Rainha ordenara. Esta parecia não ter ouvido nada. Se ouviu, não deu importância ao fato.

Saindo do campo, Alice e a Rainha encontraram um Grifo dormindo profundamente sob o sol. Era a primeira vez que Alice via de perto esse animal mitológico, que ela só conhecia por figuras nos livros de histórias. Não fosse o corpo de leão, diria tratar-se de um pássaro, pois o Grifo tinha bico de águia e asas poderosas.

"Que criatura assustadora", pensou Alice, quando se viu a sós com ele. A Rainha tinha voltado para junto dos condenados. Mas o Grifo, ao acordar, mostrou-se bem simpático...

Ele sentou-se e esfregou os olhos, dando risada.

– Do que é que você está rindo? – perguntou Alice.

– Da Rainha. Do jeito dela. Afinal, jamais executaram alguém, sabia? Ela ordena, depois o Rei perdoa. Venha!

"Nunca recebi tantas ordens na vida", pensou Alice, enquanto seguia o Grifo. "Todos aqui dizem: venha!"

Não tinham andado muito quando encontraram a Tartaruga Fingida, triste e solitária, sentada numa pedra. A pobrezinha chorava tanto que a menina ficou penalizada.

– Por que essa tristeza? – perguntou ao Grifo.

– Ela não está triste, chorar é da natureza dela.

– Por que a chamam de Fingida?

– Por isso mesmo. Ela finge estar triste, mas não está.

Chegaram mais perto. O Grifo apresentou-a à Tartaruga.

– Esta jovem – disse – quer conhecer sua história.

– Está bem, vou contar – ela concordou. – Sentem-se os dois e não digam nenhuma palavra enquanto eu não terminar.

Alice se animou. Gostava de ouvir histórias. Acomodaram-se e esperaram. Durante alguns minutos, ninguém disse uma palavra. Alice já estava ficando chateada. "Se ela não começa nunca, como irá terminar?", pensou com seus botões.

– Era uma vez... – disse finalmente a Tartaruga Fingida, com um suspiro profundo, entrecortado pelas lágrimas.

E ficou de novo em silêncio... Ouviam-se apenas seus soluços e os cráqueti-cráqueti que o Grifo fazia ao pisar nas folhas do bosque. Alice estava prestes a se levantar e a dizer, com ironia:

– Obrigada por me contar esta história tão interessante!

Mas pensou melhor e resolveu esperar. Se tivesse paciência e continuasse calada, quem sabe não seria recompensada?

9
A ESCOLA DO MAR

– QUANDO NÓS ÉRAMOS PEQUENOS... – recomeçou por fim a Tartaruga, mais calma, enxugando as lágrimas. – Quando éramos pequenos fomos para a Escola do Mar... A professora era uma velha Tartaruga, que nós chamávamos de Tartenruga...

– Por que a chamavam assim? – Alice quis saber.

– Ora, porque ela tinha rugas! Você é muito tonta pra fazer uma pergunta dessas! – a Tartaruga se irritou.

– Não sabe uma coisa tão óbvia? – o Grifo completou.

Alice quase se enfiou num buraco de tanta vergonha. Ficaram quietos novamente, até que o Grifo incentivou a Tartaruga:

– Vá em frente, minha amiga! Não fique nisso o dia inteiro.

E a Tartaruga continuou:

– Como eu ia dizendo, nós frequentamos a Escola do Mar. Tivemos uma ótima educação. Íamos à escola todos os dias.

– Eu também vou à escola todos os dias – rebateu Alice. – Não vejo razão para ficar se achando o máximo por isso...

– Você tem aulas especiais? – a Tartaruga quis saber, um pouco ansiosa.

– Sim, senhora. De Francês e de Música.

– E aulas de Lavagem, você tem?

– Claro que não!

– Ah, então nossa escola era melhor! No final do curso nós aprendíamos Francês, Música e Lavagem. Matérias especiais.

– Para que aprendiam a lavar, se viviam no mar? – Alice não atinava com a serventia dessa habilidade num meio líquido.

– Realmente, aprendi bem pouco – reconheceu a Tartaruga, suspirando. – É que fiz apenas o curso básico. Não pude continuar.

– Que disciplinas havia no básico?

– Lectura e Gramaticórea, pra começar. Depois, os diferentes ramos da Motomática: Distração, Enfeiação, Marcação e Zoação.

– O que é Enfeiação? – indagou Alice. – Nunca ouvi essa palavra em nenhum lugar.

– Jura?! – a Tartaruga deu um risinho de superioridade.

– Suponho que sabe o que significa Embelezar – era o Grifo quem falava. – Não deve ser tão bobinha.

– Claro que sei. É tornar algo... ou alguém... mais bonito.

– Pois então – disse a Tartaruga. – Enfeiação é o contrário.

Alice ficou sem graça e desistiu de saber mais detalhes.

– Que outras coisas aprendiam na escola? – perguntou.

– Bem, havia Mistério Antigo e Mistério Moderno, Marografia e Desenhação – enumerou a Tartaruga. – O mestre Desenheiro era um velho congro de pesca, que dava aulas uma vez por semana. Ele também ensinava Alargamento e Esticamento.

– O que são essas matérias?

– Não posso mostrar porque estou um pouco enferrujada. É a idade, sabe? Mas talvez o Grifo se lembre – sugeriu a Tartaruga.

– Não fiz essas disciplinas. Nessa época eu estudava com o mestre dos Clássicos, um velho Caranguejo... – suspirou o Grifo.

– Pois eu nunca estudei com ele. Diziam que ensinava Risos e Tristezas... – lembrou a Tartaruga, comovida.

– É verdade... – confirmou o Grifo, assoando o nariz.

Falar sobre a infância os deixava emocionados. Esconderam a cara nas patas. Alice tentou desviar o rumo da conversa.

– Quantas horas por dia vocês estudavam? – quis saber.

– Dez horas no primeiro dia, nove no segundo, oito no terceiro e assim por diante – explicou a Tartaruga.

– Que horário engraçado!

– Diminuía a cada dia, o que é muito natural. Não vejo nada de engraçado – retrucou o Grifo, começando a se irritar de novo.

Alice não queria discutir. Apenas completou:

– Quer dizer que o décimo primeiro dia era feriado?

– Naturalmente que sim – respondeu a Tartaruga.

– Chega de lembrar das aulas! – exclamou o Grifo. – Agora vamos falar sobre as brincadeiras daquele tempo...

A Tartaruga enxugou uma lágrima teimosa pendurada na ponta do nariz. Queria falar, mas os soluços não deixavam.

– Deve ter um osso atravessado na garganta – disse o Grifo.

E começou a sacudir a amiga e a socar-lhe as costas, a fim de desengasgá-la. Para se ver livre dos socos, a Tartaruga logo recuperou a voz. Com as lágrimas escorrendo, olhou para Alice:

– Talvez não tenha vivido muito tempo no fundo do mar...

– Eu?! Não, senhora. Nunca vivi.

– Talvez nunca tenha sido apresentada a uma Lagosta...

– Uma vez experimentei uma... Quero dizer...

Alice calou-se antes de revelar algo comprometedor.

– Nunca fui apresentada a uma Lagosta – corrigiu-se.

– Então não sabe como é bom dançar a Dança da Lagosta!

– É verdade. Como é essa dança?

– Bem... – o Grifo começou a explicar. – Primeiro se forma uma fila na beira da praia...

– Duas filas! – corrigiu a Tartaruga. – Focas, tartarugas, salmões, sardinhas, todos os habitantes do mar fazem fila. Isso depois de tirar as águas-vivas do caminho...

– O que leva algum tempo... – continuou o Grifo.

– Aí você dá dois passos para frente – disse a Tartaruga.

– Trazendo uma Lagosta como par! – gritou o Grifo.

– Isso mesmo. Avança-se duas vezes, aos pares – confirmou a Tartaruga.

– Troca-se de Lagosta e volta-se para trás... – disse o Grifo.

– Então... – continuou a Tartaruga... – você atira a...

– ... Lagosta! – gritou o Grifo, saltando no ar para mostrar.

– ... no mar, o mais longe possível... – contou a Tartaruga.

– ... E vai nadando atrás dela... Dá meia-volta e troca de Lagosta de novo!... – a voz do Grifo saiu esganiçada.

– E vai até a praia de novo! Tudo isso é o primeiro passo da Dança da Lagosta – concluiu a Tartaruga, baixando a voz.

Os dois amigos, que até então estavam tão empolgados, saltando enquanto falavam, sentaram-se quietinhos num canto e ficaram olhando para Alice.

– Deve ser uma linda dança – disse a menina.

– Você gostaria de ver uma amostra? – ofereceu a Tartaruga.

– Gostaria muitíssimo.

– Vamos tentar o início, Grifo? – propôs a Tartaruga. – Dá para dançar mesmo sem as Lagostas. Quem vai cantar?

– Cante você, pois esqueci a letra – confessou o Grifo.

Começaram a dançar em volta de Alice, pisando nos pés dela quando passavam muito perto, e agitando as patas dianteiras para marcar o ritmo. Com a voz triste e vagarosa, a Tartaruga cantava uma música que falava sobre lulas, golfinhos, pescadas brancas, enchovas e polvos gigantes.

Quando a dança terminou, Alice deu um suspiro de alívio.

– Obrigada. É um bonito bailado. Gostei da canção sobre a Enchova.

– Ah, sobre a Enchova... – repetiu a Tartaruga. – Você com certeza conhece as Enchovas...

– Conheço – disse Alice. – Já vi muitas delas no jan...

Ufa! Ia dizer jantar, mas seria indelicado falar em comer peixe. A Tartaruga não entendeu.

– Não sei onde fica esse tal de Jan, mas deve ser um lindo lugar. Se você já viu Enchovas, deve saber como elas são.

– Sei, sim – confirmou a menina. – Têm o rabo na boca e são cobertas de farinha de rosca.

– Está errada sobre a farinha de rosca. Se tivesse farinha, ela se dissolveria no mar – bocejou a Tartaruga. – Mas acertou sobre o rabo na boca. Grifo, explique a razão!

– A razão é simples – disse o Grifo. – As Enchovas têm que dançar com as Lagostas. Para isso, precisam sair do mar. E para que ninguém pise no rabo delas, elas o prendem na boca.

– Obrigada – disse Alice. – Aprendi muito sobre as Enchovas.

– Posso ensinar bem mais. Por exemplo: sabe por que elas se chamam Enchovas?

– Nunca pensei nisso. Por quê?

– Por causa de nossas botas e sapatos.

– Como assim? Não estou entendendo...

– Com o que você limpa seus sapatos? – perguntou o Grifo. – Quero dizer: como você os deixa brilhantes?

Alice não tinha a menor ideia de onde ele queria chegar.

– Bem... com uma escova, creio. Os sapatos são escovados.

– Certo! – gritou o Grifo. – Pois no mar nós usamos as enchovas. Nossos sapatos são enchovados...

A Tartaruga já estava farta do assunto. Pediu a Alice:

– Agora fale-nos sobre suas aventuras. O que faz aqui?

Alice ficou um pouco nervosa. A Tartaruga e o Grifo a encaravam fixamente, esperando a resposta. Estavam bem perto dela, e isso a incomodava. Até que tomou coragem e contou, tim-tim por tim-tim, tudo o que acontecera desde que seguira o Coelho Branco.

Os dois a ouviam em profundo silêncio, arregalando os olhos de espanto. Quando Alice terminou, a Tartaruga encarou-a e disse, em tom autoritário:

– Repita tudo. Tem alguma coisa errada nessa história.

Começar outra vez? Nem pensar! Alice sugeriu que, em vez disso, eles dançassem outra parte da Dança da Lagosta. O Grifo e a Tartaruga concordaram. Estavam entretidos no bailado quando ouviram um grito distante:

– Vai começar o julgamento!

– Que julgamento? – perguntou Alice.

Mas o Grifo, apressado, pegou-a pela mão e saiu correndo, sem responder à pergunta.

– Vamos já para lá!

Enquanto se afastavam ouviam a voz da Tartaruga, cada vez mais distante, entoando uma triste cantiga...

10
QUEM ROUBOU AS TORTAS?

O REI E A RAINHA DE COPAS estavam sentados no trono quando Alice e o Grifo chegaram. Ao redor, havia uma multidão de pássaros e animais, além do baralho inteiro. O Valete de Copas era mantido acorrentado diante dos soberanos, guardado por soldados. O Coelho Branco segurava uma trombeta e um rolo de pergaminho.

"Tomara que o julgamento seja rápido e que sirvam logo os doces e refrescos", pensou Alice, de olho na mesa cheia de tortas apetitosas, arrumada atrás dos tronos. No entanto, pelo jeito ninguém além dela estava interessado em comer.

Alice nunca assistira a um julgamento, mas lera sobre o assunto nos livros. Reconheceu o juiz – que, aliás, era o Rei – por causa da cabeleira encaracolada, que parecia uma pesada coroa de cabelos postiços. O Rei se mostrava pouco à vontade. "Devia estar louco para se ver livre da estranha fantasia", pensou a menina.

– E lá estão os jurados! – deduziu, ao ver vários animais e pássaros sentados em altas cadeiras.

Estavam muito quietos e escreviam, atarefados, em pequenas lousas. O Grifo explicou a Alice o que eles faziam:

– Estão escrevendo os próprios nomes para não esquecê-los antes que termine o julgamento – sussurrou.

E parou logo de falar, pois o Coelho Branco deu um grito:

– Silêncio na corte!

O Rei colocou os óculos e mandou o arauto ler a acusação.

Espichando-se um pouco, Alice viu o que um dos jurados escrevera em sua lousa: "Que gente mais estúpida!". Outro, o Lagarto Bil, arranhava seu giz ao escrever, provocando arrepios. Mas todos silenciaram quando o Coelho Branco fez soar a trombeta três vezes e desenrolou o pergaminho para ler a acusação:

A Rainha de Copas assou deliciosas tortas
Num belo dia de verão.
O Valete de Copas entrou na cozinha
Roubou as tortas e fugiu feito um ladrão.

– Qual a sentença? – perguntou o Rei aos jurados.

– Calma, Majestade! – disse o Coelho. – Primeiro precisamos ouvir as testemunhas.

O Coelho Branco tornou a fazer soar a trombeta e chamou:

– Primeira testemunha!

Levantou-se o Chapeleiro, com uma xícara de chá numa mão e um pãozinho com manteiga na outra. Estava todo atrapalhado.

– Perdão, Majestade. É que eu não havia terminado meu chá quando fui chamado a este tribunal.

– Tire seu chapéu! – ordenou o Rei.

– O chapéu não é meu... – gaguejou o Chapeleiro.

– Então é roubado! – decretou o Rei. – Anotem, jurados!

– O chapéu é para vender – justificou-se o homem, tremendo. – Nada tenho de meu, sou só um Chapeleiro, Majestade...

A Rainha colocou os óculos e olhou fixamente para ele.

– Conte logo o que sabe e não fique enrolando, do contrário eu mandarei executá-lo imediatamente!

Longe de encorajar a testemunha, a ameaça deixou-a ainda mais nervosa. O Chapeleiro ficou tão confuso que mordeu a xícara de chá em vez de morder o pão com manteiga.

Nessa hora Alice sentiu algo estranhíssimo: estava crescendo novamente! No início pensou em sair do tribunal, depois resolveu ficar. Pelo menos enquanto coubesse ali dentro...

– Não me aperte tanto! Mal posso respirar – reclamou o Ratão.

– Que culpa tenho se estou crescendo? – perguntou Alice.

– Não tem o direito de crescer assim, desse jeito...

– Não seja tolo! Você também cresce – disse Alice, zangada.

– Cresço devagar e não dessa maneira ridícula.

O Ratão se levantou e foi para o outro lado da sala. A Rainha não tirava os olhos do Chapeleiro. Pediu a um soldado para trazer a lista dos cantores que haviam participado do último concerto. O Chapeleiro tremeu tanto que os sapatos caíram dos seus pés.

– Diga o que sabe ou mandarei executá-lo – disse o Rei.

– Sou um pobre homem, Majestade... Tudo o que sei é que eu tomava meu chá, há uma semana, e a Lebre Doidona disse...

– Eu não disse nada! – gritou a Lebre Doidona.

– Você disse...

– Não disse...

– Se ela nega, esqueçam – recomendou o Rei aos jurados.

– O Ratão pode confirmar – garantiu o Chapeleiro.

Olhou o tribunal à procura do Ratão, mas este não negou nem confirmou nada, pois caíra no sono.

– Então... – continuou o Chapeleiro – depois de ouvir o que disse a Lebre Doidona, cortei meu pão com manteiga.

– Mas o que disse a Lebre?– perguntou um jurado.

– Ah, isso não consigo lembrar – respondeu o Chapeleiro.

– Mas você tem que lembrar – observou o Rei. – Do contrário, mandarei executá-lo, esqueceu?

O desgraçado deixou cair no chão a xícara de chá e o pão com manteiga. Nessa hora, um porquinho-da-índia bateu palmas e foi reprimido pelos soldados, que o amarraram, taparam sua boca, enfiaram-no num saco e sentaram sobre ele.

– Que bom que presenciei esta cena – disse Alice com seus botões. – Agora, quando disserem que "reprimiram a manifestação", como tantas vezes leio no jornal, saberei do que se trata.

E o julgamento continuou.

– Se isso é tudo o que sabe, pode ir pra baixo – disse o Rei.

– Mas como, se já estou no chão? – perguntou o Chapeleiro.

– Nesse caso, sente-se – ordenou o Rei.

Outro porquinho-da-índia aplaudiu e também foi reprimido, como o primeiro. Alice ficou pensando que, em breve, não ia sobrar nenhum porquinho-da-índia no julgamento.

– Terminei meu chá – disse o Chapeleiro.

– Então pode ir embora – autorizou o Rei.

O Chapeleiro fugiu tão depressa que esqueceu os sapatos no tribunal. A Rainha ordenou a um dos oficiais:

– Vá lá fora e corte a cabeça dele!

Não deu tempo. O Chapeleiro já ia longe. Quando o soldado chegou à porta, não se via nem sobra de seu chapéu.

– Chamem a próxima testemunha – disse o Rei.

Tratava-se da cozinheira da Duquesa, que se apresentou com um vidro de pimenta na mão. Antes mesmo de ela chegar, Alice já sabia quem era, pois só se ouviam espirros pelo salão. Quando a cozinheira se aproximou do trono, o Rei ordenou:

– Dê seu depoimento!

– Não dou!

O Rei olhou para o Coelho Branco, como a pedir socorro.

– Vossa Majestade deve interrogar essa testemunha – disse o Coelho. – Ela é muito importante.

O Rei cruzou os braços, conformado, e perguntou:

– De que são feitas as tortas?

– De pimenta – respondeu a cozinheira.

– De mel – gritou uma voz sonolenta vinda lá de longe.

– Ponham uma coleira no Ratão! Reprimam o Ratão! Cortem a cabeça dele! Joguem-no fora do tribunal! Prendam-no! Arranquem os bigodes dele! – gritava a Rainha, histérica.

Armou-se a maior confusão. Todos tentavam pegar o Ratão, que continuava dormindo, sem entender o que acontecia ali dentro. Afinal, conseguiram jogá-lo pela janela. Ele caiu sobre umas folhas secas e continuou seu sono, tranquilamente.

Quando o Rei voltou a prestar atenção no julgamento, a cozinheira tinha desaparecido.

– Não faz mal – ele disse, quase aliviado. – Chamem outra testemunha!

E, voltando-se para a Rainha, cochichou no ouvido dela:

– Querida, você pode ouvir a próxima testemunha? Este julgamento está me dando a maior dor de cabeça.

O Coelho Branco desdobrou o pergaminho para buscar outro nome na lista. Alice estava ansiosa para saber quem era. "Afinal, até agora não descobriram nada. Ninguém quer falar", pensou.

Imaginem qual não foi sua surpresa quando o Coelho Branco anunciou, com a vozinha esganiçada:

– ALICE!

11
O TESTEMUNHO DE ALICE

– ESTOU AQUI! – GRITOU ALICE, que, na emoção do momento, esqueceu o quanto havia crescido.

A menina saltou para o meio do tribunal tão desastradamente que derrubou, com a barra da saia, todos os jurados no chão. Eles ficaram se debatendo uns sobre os outros, gritando e esperneando, como se fossem peixinhos num aquário.

– Oh, mil desculpas! – ela exclamou, penalizada.

E começou a recolhê-los o mais depressa possível.

– Enquanto todos os jurados não estiverem nos lugares, o julgamento não continua! – o Rei encarou Alice com ar severo.

Ela olhou o banco dos jurados. Na pressa, deixara o Lagarto Bil de cabeça para baixo. O coitado abanava tristemente a cauda, incapaz de se mover. Alice corrigiu sua posição.

"Não que isso resolva", pensou. "Neste julgamento, tanto faz se a pessoa está de cabeça pra cima ou pra baixo."

Logo que os jurados se acalmaram e recuperaram as lousas e os gizes espalhados pelo chão, os trabalhos recomeçaram. Só Bil continuava meio abobado, olhando o teto de boca aberta.

– O que sabe sobre o roubo? – perguntou o Rei a Alice.

– Nada! – disse a menina.

– Nada de nada? – insistiu o Rei.

– Nadica de nada.

– Isso é muito importante! – o Rei mandou os jurados anotarem.

– Se me permite... – disse o Coelho Branco. – Sua Majestade quer dizer que isso não é importante...

– É exatamente o que eu disse... que não é importante...

E ficou repetindo em voz alta: "É muito importante", "Não é importante", "É muito importante", "Não é importante"...

Alguns jurados escreveram: "Muito importante".

Outros jurados escreveram: "Não é importante".

"Não tem um pingo de importância!", Alice pensou.

De repente, o Rei gritou:

– Silêncio na corte!

Depois, com voz solene e pausada, leu num livro:

– Regulamento quarenta e dois: "As pessoas com mais de um quilômetro de altura devem deixar o tribunal".

Todo mundo olhou para Alice.

– Eu não tenho um quilômetro de altura! – ela protestou.

– Tem quase dois quilômetros! – disse a Rainha.

– É isso mesmo! – insistiu o Rei.

– De qualquer jeito, não vou embora! – Alice ficou indignada. – Esse regulamento nunca existiu, vocês acabaram de inventá-lo!

– É o regulamento mais antigo do código – mentiu o Rei.

– Então deveria ser o número um – disse Alice, triunfante.

O Rei empalideceu, fechou o livro e recomendou aos jurados:

– Considerem o depoimento de Alice, então.

– Ainda há outras testemunhas, Majestade – interrompeu o Coelho Branco, apressado. – Veja, foi encontrado este papel.

– O que está escrito nele? – perguntou a Rainha.

– Não sei, não li – disse o Coelho. – Parece uma carta. Talvez escrita pelo prisioneiro... a alguém...

– Certo! – concordou o Rei. – A quem a carta se dirige?

– Não há nada escrito do lado de fora.

– A letra é do prisioneiro? – indagou o Rei.

– Não, não é. Isso é o mais estranho de tudo, Majestade.

Os jurados se entreolharam, intrigados. O Rei concluiu:

– Ele deve ter imitado a letra de alguém...

O Valete, que estava sendo acusado, tentou se defender.

– Permita que lhe diga, Majestade: eu nada escrevi e não se pode provar o contrário. Não há nenhum nome assinando a carta.

– Se não assinou, sua situação é mais grave. Se tivesse boas intenções, teria assinado, como toda pessoa honrada.

O tribunal aplaudiu o Rei. A Rainha determinou:

– Isso prova que o Valete é culpado!

– Isso não prova coisa alguma! – protestou Alice. – Vocês ainda nem sabem o que está escrito na carta!

– É verdade. Então leia! – ordenou o Rei ao Coelho Branco.

O Coelho colocou os óculos e perguntou:

– Por onde devo começar, Majestade?

– Comece pelo começo – orientou o Rei, muito sério. – Vá até o final e depois pode parar.

O Coelho Branco começou a leitura. Não era uma carta, e sim um poema. Ou melhor: uns versos sem pé nem cabeça.

Todos no tribunal se entreolhavam, sem entender nada. Os jurados escreviam furiosamente nas lousas. Quando o Coelho acabou a leitura, houve um pesado silêncio.

– Esta é a prova mais importante que ouvimos – disse o Rei, esfregando as mãos, contente. – Os jurados saberão...

Alice havia crescido tanto que não tinha medo de ninguém, nem mesmo do Rei.

– Se algum jurado for capaz de dizer o que esses versos significam, eu lhe darei um doce. Eles não têm explicação!

Os jurados anotaram nas lousas: "Ela não acredita que haja explicação".

O Rei releu o poema, buscando sentido em cada parte. Por mais que se esforçasse, não havia... O tribunal se agitou.

– Posso ir embora? – perguntou o Valete de Copas. – Já que não existem provas contra mim...

– Só depois que o júri der a sentença! – gritou a Rainha.

– Primeiro o veredicto, querida – corrigiu o Rei.

– Não! Primeiro a sentença, depois o veredicto!

– Que disparate! – exclamou Alice. – Onde já se viu dar a sentença antes do veredicto?

– Cale a boca! – ordenou a Rainha, vermelha de raiva.

– Não calo! – enfrentou-a Alice.

– Cortem-lhe a cabeça! – gritou a Rainha, trêmula de ódio.

Ninguém se mexeu.

– Quem liga pra você? – disse Alice, que havia voltado ao tamanho natural. – Você não passa de uma carta de baralho!

Nesta altura, soprou um vento forte e o baralho todo rodopiou pelos ares. Alice deu um gritinho, meio de medo e meio de raiva, e começou a afugentar as cartas. Encontrou-se deitada no banco do jardim, com a cabeça no colo da irmã, que afastava carinhosamente algumas folhas secas que tinham caído sobre o rosto dela.

– Acorde, Alice querida! Você dormiu. E como dormiu!

– Ah, eu tive um sonho tão engraçado!...

E Alice contou à sua irmã as estranhas aventuras que vocês acabaram de ler. Quando terminou, a irmã beijou-a e disse:

– Agora corra pra casa. Está na hora do chá.

Enquanto Alice entrava em casa, a irmã ficou olhando o pôr do sol. Pensava em sua irmãzinha e nas incríveis aventuras que ela vivera enquanto dormia. Até que ela também começou a sonhar. Via Alice sacudindo os cabelos e olhando-a com seus olhos vivos e inteligentes. Ouvia a voz dela e, ao seu redor, encontrava todas as personagens do sonho da irmã.

Nos canteiros, aos seus pés, o Coelho Branco pulava, apressado. O Ratão, assustado, debatia-se nas águas do lago. Mais adiante, ouvia-se o barulho das xícaras de chá da Lebre Doidona, fazendo com seus amigos a mesma interminável refeição.

E a irmã de Alice ouviu mais...

A voz aguda da Rainha ordenava execuções. Sobre os joelhos da Duquesa, o bebê-porco espirrava por causa da pimenta, enquanto pratos e travessas voavam pelos ares. Mais além, soava o guincho do Grifo e rangia na lousa o giz do Lagarto Bil. Ao longe, os soluços da Tartaruga Fingida cortavam o coração de todos.

De olhos fechados, a irmã de Alice chegou a acreditar que o País das Maravilhas existisse de verdade. Sabia, porém, que, se abrisse os olhos, tudo voltaria à realidade.

Nos canteiros, aos seus pés, a grama voltaria a ondular ao vento, e a brisa da tarde encresparia as águas do lago. O ruído das xícaras de chá nada mais seria que o tilintar dos sinos no pescoço das ovelhas, e a voz esganiçada da Rainha se transformaria na voz do pastor chamando o rebanho.

Sabia que os espirros do bebê, o guincho do Grifo e todos os outros ruídos eram os sons do dia a dia da fazenda onde elas moravam. Até mesmo os soluços da Tartaruga Fingida não passavam de mugidos do gado.

Finalmente, pensou que um dia Alice cresceria e se tornaria adulta, mas guardaria para sempre o encanto e a simplicidade de seu coraçãozinho de menina.

E quem sabe nesse dia Alice não faria outros olhinhos brilharem? Pois certamente reuniria à sua volta muitas crianças e recordaria os dias felizes da infância, contando para elas suas aventuras no País das Maravilhas...

ÁGUAS CLARAS

Isabel Vieira

ISABEL VIEIRA.

Brasileira, nasceu em Santos (SP) em 1948, mas passou a infância e a adolescência em Campinas, interior paulista. Seu pai era funcionário do Banco do Brasil e sua mãe, professora primária. Sempre gostou de escrever e aos 13 anos parecia antecipar as futuras realizações quando estreou como repórter em Nosso Cantinho, *revista infantojuvenil feita por estudantes campineiros. Dos 15 aos 17 anos colaborou no jornal* Diário do Povo, *de Campinas, com reportagens e crônicas.*
Aos 18 anos mudou-se para a capital paulista, cursou Letras-Português na Pontifícia Universidade Católica de São Paulo (PUC-SP) e Jornalismo nas Faculdades Integradas Alcântara Machado (FIAM). Mas só no final dos anos 1970, quando já era mãe de três filhas, é que iniciou a atividade profissional nas publicações alternativas Versus *e* Singular & Plural, *levada pelo amigo Marcos Faerman, jornalista criativo com quem também dividiu a redação do* Jornal da Tarde. *Dos anos 1980 a 2005 trabalhou em diversas revistas, como* Quatro Rodas, Capricho, Claudia, Vela e Motor *e* Estilo Natural.
A experiência em Capricho, *revista voltada para adolescentes, foi fundamental em sua carreira na literatura juvenil. Seus livros de estreia,* Em busca de mim *(1990), que trata de adoção, e* E agora, mãe? *(1991), que trata de gravidez precoce, nasceram de matérias daquela revista.* Em busca de mim *recebeu no ano de sua publicação o Prêmio Orígenes Lessa, "O Melhor para o Jovem", da Fundação Nacional do Livro Infantil e Juvenil (FNLIJ), o que a incentivou a escrever novos livros.*
Talvez fruto de sua experiência jornalística, a obra de Isabel Vieira tem a marca da realidade. Suas personagens adolescentes não são "gente de papel"; são plausíveis e convincentes, "gente de carne e osso" que seduz jovens leitores, representados nos livros.
Três fantasias *foi um desafio para Isabel Vieira. Adentrou o inédito território da literatura fantástica e se saiu muito bem.*
Águas claras *parte de uma premissa realista constante em sua obra, inclusive com um cenário pitoresco, à maneira do que fez em* O tesouro de Ilhabela, A balada da Lua Azul *e* O verão tem gosto de sal *para aos poucos inserir elementos irreais e super-reais. O resultado é surpreendente, com um desfecho que gratifica e emociona o leitor.*

"Imaginar é tão fácil que, se você começar, não poderá mais parar."
FRANCES H. BURNETT em *A pequena princesa*

1
UMA VIAGEM DE SONHO

– MENINAS, CHEGAMOS! CORRAM, venham ver! Até que enfim vão conhecer um dos rios mais lindos do planeta, como eu prometi a vocês!

Jaime estava tão animado que nem parecia ter dirigido mais de mil quilômetros desde o Sul do Brasil até Aruanã, no estado de Goiás. Estacionou o carro na frente da pousada e, brincalhão como sempre, abriu as portas para as três passageiras, curvando-se num gesto elegante:

– Mulheres da minha vida, desçam! O Araguaia é ou não é "um rio que é uma festa da natureza", como eu sempre digo?

A frase era o título de uma reportagem que ele lera uns vinte anos antes e jamais esquecera. Por causa desse texto, nas férias seguintes, quando ainda era solteiro e louco por aventuras, tinha empreendido uma inesquecível viagem que a família conhecia até de trás para frente, de tanto ouvi-lo contar.

Agora, duas décadas mais tarde, Jaime realizava o sonho de refazer o mesmo trajeto. Mas não com amigos, como da outra vez. Levava a mulher, Ceiça, e a filha do casal, Rosa Flor, de treze anos, além da sobrinha Luiza, de onze anos, filha de sua única irmã e amiga inseparável de Rosa Flor.

A intenção do viajante era iniciar o passeio por Aruanã, cidade ribeirinha conhecida como "porta de entrada do Araguaia", e dali seguir até Luis Alves, no município de São Miguel do Araguaia, cerca de trezentos quilômetros ao norte, em direção à foz do rio. E, dependendo das circunstâncias, quem sabe?... Poderiam esticar até a Ilha do Bananal, maior ilha fluvial do mundo, um santuário ecológico mais distante ainda, no estado do Tocantins. O percurso seria feito de carro, por estradas paralelas à margem direita do Araguaia (ao menos "naquele tempo" elas existiam). Dessa forma, conheceriam vários povoados e acampamentos na beira do rio.

Não é que o marido tinha razão? Ao vislumbrar a paisagem, Ceiça chegou a se emocionar. Abraçando Rosa Flor e Luiza, uma de cada lado, seguiu Jaime até a varanda da pousada, que se debruçava sobre as águas como o convés de um transatlântico.

Era o final de uma tarde quente de julho. No poente, fiapos de nuvens refletiam os últimos raios de sol. Um bando de garças, num voo rasante, cortou o céu em direção a uma árvore muito alta que se destacava na mata da outra margem. Solitária, cruzava o rio uma canoa com motor de popa, levando três pescadores. De repente, Rosa Flor observou um movimento incomum na água.

– Olhem lá, dois botos brincando! – gritou.

Jaime, Ceiça e Luiza ficaram encantados. Aqueles peixes grandes, "primos" dos golfinhos, saltavam a uma altura considerável, como se estivessem se apresentando especialmente para eles. Do outro lado do rio, os sapos começaram uma sinfonia ensurdecedora. Era difícil acreditar que estivessem a trezentos metros de distância.

– Que barulho é esse? – assustou-se Luiza, de repente.

Os berros estridentes vinham do jardim da pousada. Não se tratava do coaxar de sapos, com certeza... Jaime foi averiguar a origem dos ruídos e voltou dando risada.

– Não é nenhum bicho-papão... são dois papagaios, gente!

Os pássaros coloridos não moravam em uma gaiola, como os louros da cidade que as meninas conheciam. Estavam soltos, exibindo-se no galho de uma árvore, felizes como se vivessem no paraíso. Ceiça comoveu-se com a cena.

– Que lindos bichinhos eles são! – exclamou.

A noite caiu, trazendo um céu cintilante de estrelas. Só então a família se deu conta do cansaço e da fome. Tiraram as malas do carro, pegaram as chaves dos quartos – um para o casal, outro para as meninas –, e foram tomar banho e trocar de roupa. Em seguida, pretendiam jantar em algum restaurante da cidade.

Os apartamentos da pousada davam para uma varanda com redes em toda sua extensão. Luiza deitou na mais próxima e pôs-se a balançar, pensativa, enquanto esperava a prima usar o chuveiro. Como seria o outro lado do rio? Desde pequena, Luiza adorava viajar por dentro das coisas. Tinha sido uma daquelas crianças capazes de passar horas tocando um violino imaginário feito com um galho de árvore, de transformar um cabo de vassoura em cavalo ou de ninar um punhado de trapos como se fosse um bebê.

Na família, diziam: "Essa menina vive nas nuvens"... Outros corrigiam: "Ela vive é no mundo da lua. Acorda, Luiza! Cai na real!".

Naquele momento, Luiza sentia-se muito bem. Os móveis de alvenaria – sofás e camas com almofadas coloridas – lembravam os de uma casa de praia. Cestos e cerâmicas feitos pelos índios carajás, com desenhos geométricos em preto e branco, davam um charme especial à decoração. Luiza conhecia muitas praias de mar, mas nunca estivera numa praia de rio. Como seria nadar numa água doce sem cloro de piscina? E estava estranhando uma coisa: a água barrenta do Araguaia. Isso tio Jaime nunca havia contado. Ele sempre falava em águas claras, muito claras.

Pensar em água e em terra a levou a outra lembrança:

"Preciso lavar a cabeça com urgência!", disse a si mesma, soltando o elástico que prendia os cabelos lisos e longos. O tom castanho-dourado nem se via mais, de tanta poeira impregnada nos fios. A farta cabeleira estava dura e seca como a de uma bruxa. "Só falta a vassoura", riu Luiza, entrando no quarto e se alegrando ao ver-se no espelho e constatar que ao menos sua silhueta alta e esbelta continuava a mesma de sempre.

Rosa Flor saía do banho, com a toalha enrolada na cabeça, vestindo uma saia estampada e uma camiseta azul de alcinha. Tanto fisicamente como no jeito de ser, era bem diferente da prima. Morena, baixinha e cheinha de corpo, tinha o rosto redondo, os cabelos escuros e cacheados, e um par de olhos cor de jabuticaba que só acreditavam naquilo que viam. "Esta garota é como São Tomé, precisa ver para crer", diziam na família.

Sentada na cama, Rosa Flor secou os cabelos com o secador e a escova, esticando-os ao máximo antes de prendê-los com uma fivela perto da nuca. Ela estava pensando em coisas um pouco mais concretas do que a prima.

– Esses programas de curtir natureza até que são legais, mas não o tempo todo, não é, Luiza? Será que tem badalação nesta cidade? Aruanã deve ser uma chatice...

Com o chuveiro ligado, Luiza gritou que tinha visto na internet que, ao contrário do que ela temia, nas férias de julho Aruanã era um agito só: simplesmente fervia, explodia! Vinham turistas do Brasil inteiro para curtir os shows e eventos esportivos nas praias e nos acampamentos perto dali. Na praça da cidade tinha até danceteria!

– Uau, então é aqui mesmo que vamos ficar! – exclamou Rosa Flor, aliviada com as boas notícias.

Desta vez, Luiza é que foi mais realista. Ao sair do banheiro, com os cabelos pingando, lembrou de um detalhe importantíssimo:

– Se o seu pai deixar... não é, Rosinha?

2
PORTA DE ENTRADA DO ARAGUAIA

DURANTE MUITOS ANOS – TALVEZ para sempre... – a sequência daquelas cenas, daqueles fatos, daqueles dias, ficaria gravada na memória das meninas em dois momentos bem definidos. Primeiro: a alegria e o deslumbramento de Jaime. Depois: a decepção...

– Mas o que é isso, minha gente?! Não acredito! Antena parabólica?! Celular?! Discoteca?! Trio elétrico com esses cantores baianos tocando na pracinha?! Em que mundo nós estamos? Isto aqui não é mais o Araguaia! Naquela época nem telefone fixo tinha! Só radioamador... isto é, se você conseguisse achar um...

Estavam na mesa do restaurante havia meia hora e Jaime não parava de repetir a mesma ladainha. Ceiça tentava acalmá-lo, argumentando que tudo neste mundo muda...

– É uma lei da vida. Passaram-se vinte anos, Jaime. Quanta coisa aconteceu no Brasil, na Terra, na nossa família? Por que só aqui seria diferente? Então você, tão inteligente, esperava encontrar o mesmo cenário de quando era rapaz?

– Claro que eu esperava mudanças. Mas não para pior! É isso que não aceito... Onde estão os movimentos ecológicos, a consciência dos governantes, dos jovens, da população?

– Deixa de rabugice, homem. Prova este peixe, vai. Está delicioso... Aproveita que a culinária regional não mudou...

Luiza e Rosa Flor comiam em silêncio, trocando olhares de apreensão recíproca. O que seria delas agora? O que aconteceria com as tão esperadas férias? Teriam de ir embora no dia seguinte? Para onde? Para alguma cidade turística do Sul?

Por sorte, Jaime foi fisgado pelo estômago e acalmou-se com o sabor divino do pirarucu "moqueado", como se dizia ali. O peixe, enrolado em folha de bananeira, era assado na brasa com pouco tempero e servido com farinha.

O dono do restaurante veio saber se tinham gostado e, cheio de simpatia, sentou-se para conversar. As mudanças drásticas na cidade foram o primeiro assunto a vir à tona.

– Temos recebido milhares de turistas no nosso verão goiano – contou ele. Referia-se aos meses de junho a setembro, época da estiagem, em que as águas baixam e praias de areia branca e fofa afloram nas margens do rio, a partir de Aruanã. – Para atender à demanda, tivemos de progredir.

E o comerciante foi desfiando dados atualizados sobre o turismo local. Como era porta de entrada do Araguaia, explicou, Aruanã tinha crescido demais. Havia duas dezenas de ótimos hotéis e pousadas na cidade, além de acampamentos luxuosos, com todo o conforto, alguns até com chuveiro de água quente e heliponto para descida de helicópteros. Ah, então o senhor conheceu Aruanã vinte anos atrás? É verdade, naquela época só se andava por aqui com veículo de tração nas quatro rodas, era um areão só, mas hoje temos boas estradas e pista de pouso asfaltada, imagine, podemos receber voos noturnos sem problema nenhum...

E contou mais: poderosas lanchas a motor tinham substituído as antigas voadeiras de alumínio, os "fusquinhas" do Araguaia, agora raros. Muita gente até praticava esqui aquático no rio. Sem falar nos shows de cantores famosos, do porte de Ivete Sangalo. Em julho, as noites eram de grande badalação...

– É um lugar de agito aliado à natureza – concluiu o homem, vaidoso de sua terrinha. – Está "bombando", como a moçada diz...

Jaime pagou a conta e todos saíram para caminhar na noite fresca e agradável. Mas o entusiasmo de todos havia murchado. Rosa Flor e Luiza olhavam de longe as atrações da praça, ardendo de vontade de participar, mas Jaime estava tão chateado que nem ousaram pedir nada. E ele continuou no saudosismo:

– Naquele tempo havia um único hotelzinho, bem simples, numa destas ruas. Uma lagartixa morava na parede da sala, pois o dono do hotel não deixava ninguém tirá-la dali. Dizia que era amiga do escritor José Mauro de Vasconcelos. Ele costumava vir sempre ao Araguaia. Adorava este lugar...

– José Mauro de Vasconcelos? – perguntaram as meninas. – Quem é esse autor?

– Então não sabem? Escrevia sobre coisas simples do Brasil. Foi traduzido em trinta idiomas. Morreu em 1984. Deixou muitos livros. Os que eu mais gosto são *Meu pé de laranja lima*, *Doidão* e *Rosinha, minha canoa*... – Ceiça explicou.

Jaime completou com uma informação inesperada:

– É por causa dele que escolhemos seu nome, Rosa Flor.

– É mesmo?! Quero ler essa história, então.

Rosa Flor teve de gritar, e em seguida se calar, pois o volume ensandecido das caixas de som impedia qualquer conversa. Mas todos concordaram que nenhuma modernidade conseguira diminuir o encanto discreto da cidadezinha, fundada em 1850 como Porto Leopoldina, em homenagem à esposa do imperador Pedro I.

– Vamos ver o monumento a Couto de Magalhães – convidou Jaime, levando a família para um cantinho mais tranquilo.

Aruanã – contou ele – era o nome de um peixe e também de uma dança da tribo carajá; daí a nova denominação. A cidade tinha sido um grande centro comercial e posto de abastecimento da primeira capital do estado, Goiás Velho, mais tarde apenas Goiás. No século XIX, por pouco ela não ficara famosa durante o governo de um doido chamado Couto de Magalhães.

– Doido, não, um sonhador – Jaime se corrigiu. – Sonhava levar a navegação a vapor de Aruanã até o Pará, imaginem! Era o ano de 1870. Então o governador mandou trazer por terra vários barcos usados na Guerra do Paraguai. Vieram desmontados, em cima de carros de boi. Uma epopeia que levou anos!

Do sonho de Couto de Magalhães restavam ali somente as caldeiras dos barcos, ornamentando a pracinha. As meninas tiraram algumas fotografias, mas sem dar importância ao que ouviram; só queriam testar o flash da câmara digital de Luiza. Estavam com a cabeça ligada na agitação do outro lado da rua.

Mais tarde, procurariam desesperadamente essas fotos, e as encontrariam. Entre elas, havia uma dos quatro juntos – a única –, feita por um turista que se ofereceu para acionar a máquina, pouco antes de Rosa Flor e Luiza terem obtido permissão dos pais para ir curtir o agito de perto, por vinte minutinhos.

Quando voltaram, o casal estava sentado em um banco mais afastado, examinando mapas e guias. Jaime deu a notícia:

– Amanhã cedo vamos continuar a viagem em direção ao norte, como estava previsto. Vamos seguir por umas estradinhas tranquilas, que acompanham o curso ao rio. Quero que conheçam o verdadeiro Araguaia. Aqui não dá pra ficar, com todo este barulho.

E não houve pedido nem protesto – "Ai, pai!", "Poxa, tio!", "Por favor!", "*Please*!", "Vamos ficar em Aruanã uns três dias, pelo menos!", "Deixa, pai! Depois a gente vai pra onde você quiser!" – que o convencesse a mudar de ideia.

No dia seguinte, ao acordar, fizeram as malas e partiram.

3 EM BUSCA DAS ÁGUAS CLARAS

PARECIA QUE TUDO CONSPIRAVA contra o sonho de Jaime. Não bastasse o alvoroço da véspera, naquele dia o Araguaia acordou motorizado, a mil por hora, com lanchas velozes cruzando-o em todas as direções e esquiadores equilibrando-se sobre a água, em manobras perigosas para os banhistas.

O movimento no porto era febril. Caminhões traziam engradados de cerveja, refrigerantes e alimentos em quantidades enormes para serem levados aos acampamentos em barquinhos. Na praça, um grande palco estava sendo montado para as atrações noturnas. Um ônibus fretado despejou na beira d'água um grupo de turistas usando camisetas e bonés iguaizinhos, todos com câmeras na mão, para fazer um passeio "ecológico" pelo rio.

Meses depois, Rosa Flor e Luiza recordariam que a saída da pousada foi triste. Ceiça ainda tentou consolá-las, prometendo que convenceria o marido – com aquele jeitinho que só as mães têm – a ficar três dias ali na volta, como elas queriam.

A última cena que Luiza registrou em Aruanã foi a resposta do tio, enquanto manobrava o carro no estacionamento, à pergunta que ela fez sobre a cor das águas do Araguaia. Eram barrentas mesmo?

– Antigamente não eram, mas a erosão nas nascentes está fazendo estrago neste trecho do rio. Lá adiante você vai ver como as águas são claras, Luiza. Por isso temos de ir mais longe, é o preço a pagar...

Pelo rádio, o serviço de meteorologia anunciou um céu azul e sem nuvens, com pancadas de chuva esparsas no final da tarde. Rosa Flor ia sentada atrás do assento do motorista e Luiza, atrás do banco da tia. Ambas usavam roupas leves e levavam biquíni e toalha de banho na mochila, além de biscoitos, água e suco. Quem sabe não daria para tomar um banho de rio no caminho? Estavam preparadas para passar um longo e tedioso dia no carro. Pensando nisso, na última hora lembraram do binóculo de Jaime, guardado na mala, e o incluíram na bagagem de mão.

– Pra gente ver os bichos e os passarinhos de perto – Luiza explicou. – De repente, até uma onça!

– Onça é difícil, mas tartaruga e jacaré eu posso garantir – disse o tio. – E peixes enormes, em quantidade...

Com o auxílio dos mapas, Jaime não demorou a localizar o primeiro trecho da estrada que pretendia seguir. A seu lado, Ceiça monitorava o motorista como se fosse copilota de um *rally*. É que havia mais de uma alternativa para chegar a Luis Alves, um lugarejo tranquilo no município de São Miguel do Araguaia, perto da divisa com o estado do Tocantins. Nenhuma das estradas estava em bom estado. Além de o asfalto por lá ser uma raridade, havia trechos de terra tão precários que os veículos iam quicando pelos buracos, soltando peças e parafusos.

Para complicar mais as coisas, a estrada principal passava a cinquenta quilômetros do rio. Para alcançar os povoados ribeirinhos era preciso se aventurar por estradinhas menores e comer poeira no percurso até aquela "currutela" – como o povo chamava os vilarejos com umas poucas casas, uma venda, um armazém e uma bomba de gasolina, muito apreciados pelos pescadores.

Quanto tempo se levava de Aruanã a Luis Alves? Dependia de quantos povoados o turista quisesse visitar, pois cada uma das entradas esticava o trajeto em muitos quilômetros. Outra atração do percurso, que também valia uma parada, eram os acampamentos, famosos em todo o Brasil. Mais sofisticados que os *campings* do resto do país, todos os anos eram montados nas praias e, mais tarde, na época da enchente, carregados pelo rio.

– Pela vontade do tio Jaime, acho que vamos entrar em todas as "currutelas" possíveis... – reclamou Luiza, enjoada com tantos solavancos que o carro dava ao passar por buracos e por curvas.

– Em todas não, só nas mais bonitas – corrigiu o tio, feliz e bem-humorado, pondo para tocar um CD de modinhas goianas que ele e Ceiça começaram a cantarolar. – Esta tarde nós vamos chegar a um lugar lindo! Podemos nadar, jantar e dormir por lá.

Ao meio-dia, fizeram uma refeição simples num lugarejo à beira da estrada e continuaram viajando. Havia muito chão pela frente e Jaime queria chegar ao destino antes de escurecer.

Que tédio! As meninas tiraram um cochilo, mas dali a pouco acordaram. Naquela buraqueira não dava nem pra fazer palavras cruzadas, quanto mais dormir! O jeito era papear. "Falar abobrinha", como elas adoravam, grudadas uma na outra, rindo e cochichando até quando estavam na missa. Eram assim desde pequenas: primas-irmãs; cúmplices; as melhores amigas. Por isso, Rosa Flor não estranhou quando ouviu mais uma maluquice da prima.

– Por que não fingimos que estamos indo pra outro lugar? – propôs Luiza, com sua fértil cabecinha. – A gente pode fazer como Sara Crewe, a pequena princesa, fazia...

– Ler *A pequena princesa* de novo? – Rosa Flor entendeu a intenção de Luiza. – Você trouxe o livro na mochila?

– Claro que não! Estou dizendo que seria legal imitar Sara, a personagem do livro, lembra? Que tal imaginar que não estamos numa estrada poeirenta, no meio do nada, indo pra lugar nenhum? – Luiza falava baixinho para os tios não ouvirem. – Nós podemos criar um espaço mágico só pra nós duas, igual a Sara Crewe!

– Ai, que brincadeira boba, Luiza!

Rosa Flor conhecia o livro da escritora inglesa Frances H. Burnett e o achava muito infantil. Na história, Sara é uma garota de sete anos, órfã de mãe, que vivia na Índia e é levada pelo pai para estudar em Londres, num famoso internato para meninas. Mas o pai morre e a terrível diretora Miss Minchin, temendo que a despesa de Sara no colégio não fosse paga, passa a tratá-la cruelmente. Entre outras humilhações, obriga-a a morar num sótão sujo e frio, e não lhe dá comida. O que auxilia Sara a vencer as dificuldades é sua fantástica imaginação. Ela inventa histórias para as amigas e para si mesma, e suas histórias acabam salvando-a das situações.

– Boba coisa nenhuma! O que seria de Sara se os brinquedos não falassem? Se ela não fingisse que o sótão era uma cela, igual à do Conde de Monte Cristo ou à dos prisioneiros da Bastilha?

– Tem horas em que você parece ter sete anos de idade! – Com um gesto de desdém, Rosa Flor interrompeu a prima. – Se é pra imaginar esse monte de bobagens, prefiro escutar música.

Quando Luiza queria uma coisa, ela não desistia. Ignorando o comentário negativo, afinou a voz como se fosse pequenininha e reproduziu um trecho do livro, que sabia de cor.

"Imaginar é tão fácil que, se você começar, não poderá mais parar, Emengarda. Eu sou Sara e estou lhe contando um segredo. Acredite ou não, minhas bonecas saem do lugar enquanto estão sozinhas, brincam e conversam umas com as outras. Quando nós entramos no quarto, elas voltam a ficar imóveis, como se nada disso tivesse acontecido".

O jeito de Luiza falar era tão engraçado que Rosa Flor se rendeu. Dando uma gostosa gargalhada, prometeu:

– Ok, prima, você venceu... Mas, se é pra entrar dentro de uma história, prefiro fazer de conta que sou Alice e viajar ao País das Maravilhas. Vamos ver... Vou fechar os olhos e seguir o Coelho Branco, que está correndo para a toca... Socorro, que buraco mais fundo! Me segurem que estou caindo! Deste jeito vou parar do outro lado da Terra! Socorro, onde é que eu estou?!

A encenação de Rosa Flor parecia tão real, que Luiza se assustou e derramou na bermuda todo o suco de uva que estava tomando. Chuviscava. Já tinha anoitecido. O carro derrapava na pista, lisa como sabão. Luiza teve a impressão de ouvir Jaime e Ceiça discutirem sobre qual o melhor caminho a seguir, como se estivessem perdidos. A última coisa que ouviu claramente foi o grito desesperado da tia:

– Cuidado, Jaime, a curva é perigosa! Olha uma capivara atravessando a pista!

4
A BORDO DE UMA GARRAFA

QUANDO LUIZA ABRIU OS OLHOS, demorou a entender o que tinha acontecido. Ao seu redor tudo era água, uma imensidão de água sem margens, como se estivesse no cenário da criação do mundo. Mas ela não estava se afogando, nem sentiu que corria esse risco. Entre seu corpo e a água existia um... vidro? Estendeu a mão e tocou de leve na superfície lisa e transparente que a protegia.

Sim, era vidro... Um vidro que balançava como se fosse um barquinho. Só que não era um barquinho. Pela forma alongada e roliça, parecia uma garrafa... Uma garrafa de vinho vazia. Mas como ela, uma menina de onze anos, caberia dentro de uma garrafa de vinho? Será que a brincadeira com Rosa Flor sobre o País das Maravilhas fora tão longe? Será que comera um pedacinho do cogumelo que fazia Alice crescer e diminuir? Ou talvez algum bolinho? Porque, para caber ali, ela precisava ter ficado bem pequenininha...

Luiza passou a mão pelas roupas e sentiu que havia migalhas espalhadas por tudo. E a bermuda estava mesmo manchada de suco de uva... Mas logo viu que as migalhas não eram de nenhum cogumelo ou bolinho mágico, e sim dos biscoitos que ela e Rosa Flor comiam no carro ainda há pouco, enquanto conversavam sobre *A pequena princesa* e *Alice no País das Maravilhas*. Esse detalhe a fez sentir-se bem melhor. Era sinal de que ela não estava maluca...

Então, o que tinha acontecido? Porque ela realmente estava navegando dentro de uma garrafa de vinho vazia, feita de vidro transparente – só podia ser de vinho branco! –, quanto a isso não havia a menor dúvida. Conclusão: tinha encolhido, sim... Sua altura era bem menor que a da Barbie;

devia estar do tamanho da filha da Barbie, ou da neta da Barbie, quase uma miniatura! Tentou ajoelhar e espiar lá fora. Não dava para ver nada, estava tudo escuro. De repente, a lua cheia iluminou a água, e foi possível enxergar melhor o interior da garrafa. Luiza viu que havia mais alguém ali...

– ROSA FLOR!!! – gritou.

A prima estava a poucos passos dela, espremida no gargalo da garrafa, e com o mesmo tamanhinho minúsculo. Parecia dormir, pois tinha os olhos fechados e não respondia. Por conta da marola do barquinho-garrafa, era mais fácil se arrastar do que andar ali dentro. Luiza engatinhou até encostar em Rosa Flor. Tocou no rosto da prima. Ela abriu os olhos, devagarinho. Parecia muito assustada. Luiza deu outro grito:

– VOCÊ ESTÁ FERIDA???

Rosa Flor não respondeu, apenas gemeu. Um filete de sangue escorria de sua testa, mas não era só isso. Alguma coisa a prendia. Com o maior cuidado, Luiza tateou na penumbra e tentou puxar a prima. Só conseguiu provocar novos gemidos. Rosa Flor não saía do lugar. Não podia se mexer. Dali a pouco, o clarão da lua envolveu a garrafa e Luiza entendeu o que havia acontecido.

Rosa Flor e ela tinham sido arremessadas lá dentro com tanta força, que a perna esquerda da prima ficara presa na rolha de cortiça da garrafa até a altura do joelho, impedindo-a de sair dali. A rolha estava torta e a perna de Rosa Flor, enganchada nela. Isso era horrível, lógico, mas Luiza observou que era também uma sorte, pois o fechamento irregular da garrafa permitia que o ar entrasse por um cantinho. Não havia risco de elas se asfixiarem: podiam respirar!

– Está doendo, Rosinha? – Luiza tentou amenizar a posição incômoda da prima, colocando a cabeça dela no seu colo. Para isso, teve que se arrastar no gargalo da garrafa e ficaram as duas encolhidinhas, como se estivessem num túnel. – Fica tranquila que eu cuido de você. Pelo menos estamos bem protegidas, está vendo? Aqui dentro não há perigo. Deixa ver se eu encontro... Espera um pouco!... – Luiza gritou de novo, mas desta vez de alegria: – Estou vendo nossas mochilas, olha lá! Que maravilha!

Era verdade! As duas meninas tinham vindo parar na garrafa junto com seus pertences, o que significava que contavam com as toalhas, os biquínis, o binóculo, um restinho de água numa garrafa pet e alguns biscoitos para se alimentar. Todos os objetos haviam encolhido como elas, e certamente seriam bastante úteis.

E para que serviria um biquíni diminuto dentro de uma garrafa de vinho vazia, navegando não se sabia onde nem para onde, com duas minigarotas a bordo? Bem, bastava ser criativa... Na falta de lenços de papel, Luiza umedeceu uma das peças de tecido em umas gotinhas de água e limpou delicadamente a testa da prima. Bom sinal: o ferimento não sangrava mais, era apenas um cortezinho superficial. O que a preocupava era a perna de Rosa Flor presa na rolha, mas, por enquanto, nada podia fazer a respeito. Talvez quando clareasse o dia ela tivesse alguma ideia. Pois se ali existia luar era sinal de que, mais tarde, haveria luz do sol também...

O que dava para fazer de imediato, Luiza fez: deixou Rosa Flor o mais confortável possível. Dobrando as toalhas de banho, improvisou um almofadão para ela recostar o corpo e a cabeça, o que lhe possibilitou ficar livre para circular pela garrafa sem precisar imobilizar seu colo como travesseiro da prima.

Em seguida, pegou o binóculo e apontou-o em todas as direções, tentando descobrir alguma pista. Nada. Tudo escuro.

Luiza sentiu o estômago roncar de fome. Há quanto tempo elas não comiam? Rosa Flor também devia estar com fome, embora não se queixasse. Então Luiza contou cuidadosamente os biscoitos que havia na mochila, separou-os em duas porções, dividiu uma delas com a prima e guardou a outra para comerem outra hora. Depois, deu um gole d'água para Rosa Flor, tomou um também, deitou ao lado dela na almofada feita com a toalha felpuda e, embaladas pelo movimento suave da garrafa, as duas adormeceram.

5 NÁUFRAGAS PELO AVESSO

ACORDARAM COM UM IMENSO SOL amarelo apontando no horizonte, tão esplendoroso que ofuscava a vista. Estava amanhecendo. Fazia um calorzinho agradável ali dentro. Parecia que o novo dia lhes dava as boas-vindas, alegre por vê-las salvas e com boa saúde.

Rosa Flor se sentia melhor. Não fosse a imobilidade forçada, aquela seria até uma situação divertida, já que Luiza constatara, com o binóculo, que estavam mesmo navegando numa grande quantidade de água, dentro de uma garrafa de vinho vazia. Mas... navegando onde? No mar? Num lago? Num rio? E em que direção, Deus do céu? Para onde iam?

– Eu já sei! Eu já sei! – gritou Luiza, avistando ao longe um barranco coberto de vegetação e, mais adiante, uma praia de areia branquinha. – Estamos no rio Araguaia, Rosa Flor! – Ela deu uns pulinhos e a garrafa se desequilibrou, balançando um pouco mais forte. – E bem perto da margem! Olha só que coisa linda!

A prima espiou pela lente do binóculo e concordou, feliz da vida. Um paraíso com tanto peixe, planta, praia, areia, sol, luar, estrela, passarinho e bicho – como desde pequena ouvira o pai dizer – só podia ser o rio Araguaia, não havia outro igual no mundo!

– Isso quer dizer que somos náufragas à deriva, Luiza. – Rosa Flor fazia o maior esforço para usar o binóculo sem se mexer muito, pois a perna que ficara presa estava começando a doer.

– Náufragas? Só se for pelo avesso! – Luiza riu e deu uma explicação maluca: – Náufraga é a pessoa que sofre um naufrágio e vai parar em terra firme. Numa ilha deserta, por exemplo. Da terra firme ela lança uma garrafa no mar com um bilhete dentro, pedindo socorro e avisando onde está. Pois conosco aconteceu o oposto, Rosinha: nós é que estamos navegando numa garrafa, sem bilhete nenhum, e precisando de socorro para sair daqui!

– É verdade, somos náufragas pelo avesso, então... – Rosa Flor concordou, mas seu espírito prático já entrava em ação. – O que nós precisamos, portanto, é chegar em terra firme. Seria ótimo se a gente tivesse um remo, não é?

Sim, seria. Mas não havia nenhum remo por perto, e, mesmo que fosse possível improvisar um, como Luiza chegou a pensar, não havia como colocá-lo na água para impulsionar a garrafa, pois a boca estava fechada pela rolha e a rolha estava prendendo a perna de Rosa Flor. Empurrar as duas – a prima e a rolha – para fora? Nem pensar! Além do risco de serem lançadas longe e Rosinha se afogar, havia outro: se a rolha ficasse minimamente folgada, a água poderia entrar e a garrafa afundar, com as duas meninas a bordo...

– E se a gente der uns impulsos bem fortes na garrafa, com o nosso corpo? – Luiza propôs outra alternativa.

Mas em seguida lembrou que só ela estava em condições de fazer isso. Rosa Flor não podia sair do lugar, com a perna esquerda encravada na rolha até a altura do joelho.

Que cabeça a minha! – corrigiu-se. – Espera aí, deixa eu tentar dar impulso sozinha!

E começou a pular, a pular, a pular...

Nadinha aconteceu. A garrafa continuou no mesmo lugar, boiando na superfície da água, sem tomar uma direção específica. Isso seria impossível de acontecer se a garrafa estivesse sofrendo a ação da correnteza do rio,

Luiza deduziu. Será que... elas navegavam numa daquelas lagoas de águas paradas? Seria muito azar!

Se essa hipótese fosse verdadeira, as duas sabiam o perigo que corriam. Na época da cheia, entre novembro e abril, centenas de lagoas se formam ao longo das margens do Araguaia, por causa das águas que transbordam do leito e invadem as terras vizinhas. Protegidas pela mata ao redor, as lagoas são o hábitat perfeito para os peixes procriarem antes de voltar à correnteza do rio. Isso acontece quando, a partir de maio, as águas baixam novamente, e as lagoas secam e desaparecem – ao menos a maioria.

O problema é que, às vezes, certos peixes, como as temidas piranhas não conseguem sair, por um capricho da natureza (a boca estreita da lagoa) ou pelo vandalismo humano (a pesca predatória do pirarucu, que se alimenta de piranhas). Proliferam sem controle em lagoas pequeninas, cada vez mais rasas. Resultado: no auge da seca – justamente o mês de julho –, famintas e ferozes, as piranhas atacam quem vem se banhar ali. Daí o conselho dos guias antigos e experientes do Araguaia: "Nunca tome banho em lagoas, sobretudo se tiver algum ferimento no corpo".

– Se a gente estiver mesmo numa lagoa, não sairemos daqui vivas, Luiza... – Rosa Flor lembrou do que o pai contava e começou a chorar. – Minha perna está ferida e sangrando dentro da garrafa. Olha como inchou! Sangue atrai piranha... Estamos perdidas...

Luiza olhava pelo binóculo e tentava desesperadamente achar alguma esperança para a situação das duas. E não é que acabou achando? Na beira da praia havia crianças brincando! Isso mesmo, três crianças! E mais dois adultos e um cachorrinho!

– Não estamos em lagoa nenhuma, Rosinha! – ela gritou, feliz como se tivesse ganhado na loteria. – Estamos quase em frente de um acampamento, veja aqui! Agora é só a gente atrair a atenção dessa família e seremos salvas num minutinho.

Era verdade. Se a garrafa não saía do lugar, não era porque estivesse numa lagoa, e sim por estar próxima a uma das margens do Araguaia, no rasinho. Bem longe do "canal", como os ribeirinhos chamam a parte funda e navegável do rio. É no "canal" que existe correnteza. Fora dele, só calmaria...

– Ei, pessoal! Olha nós aqui! Socorro! Precisamos de ajuda!

Luiza berrava com toda a força dos seus pulmões e dava impulsos fenomenais com o corpo. Rosa Flor auxiliava nos gritos. Parecia que a garrafa estava chegando perto da família. Já podiam vê-los melhor: pai, mãe, dois meninos e uma menina. As crianças tinham idades próximas às delas e se divertiam com uma raquete e uma bolinha, que esparramava água quando caía.

– Socorro, gente! Por favor, ajudem! Estamos aqui!

Talvez eles não estivessem escutando, concluiu Rosa Flor. Se ela e Luiza tinham encolhido tanto de tamanho, suas vozes também deviam ter ficado fraquinhas, baixinhas, impossíveis de ouvir. Sem contar que havia uma parede espessa de vidro separando-as. O que faria uma família normal se desconfiasse que umas vozinhas fininhas saíam de dentro de uma garrafa vazia, perdida nas ondas? Até elas, Rosa Flor e Luiza, se a situação fosse inversa, pensariam em duendes, jamais em gente de carne e osso...

– Vamos parar um pouco pra tomar fôlego? – disse Luiza. – Estamos ficando roucas. Depois continuamos.

Beberam mais um gole d'água. Com o binóculo, viram que havia muita gente no acampamento. Que interessante! As barracas eram grandes e altas, como as que apareciam nos filmes de safáris na selva. Pela abertura de uma delas, via-se que havia até camas lá dentro, com pés especiais para não afundarem na areia.

As barracas estavam dispostas à volta de um ranchão coberto por folhas de babaçu, onde provavelmente acontecia a maior parte das atividades sociais do acampamento, incluindo as refeições. Ali havia fogões, geladeiras, freezer, pias para lavar louça e limpar peixe, um belo balcão de madeira, estoque de bebidas, um pequeno palco para apresentações, caixas de som tocando música tão alto que até dentro da garrafa se ouvia, e várias mesinhas com cadeiras onde os hóspedes, naquela hora, tomavam o café da manhã.

– Ai, que fome! Meu estômago está roncando de novo – reclamou Rosa Flor.

– O meu também – Luiza confessou.

Mais adiante ficavam os banheiros, cada qual com sua pia, chuveiro e sanitário, cercados por paredes de lona. Havia ainda quadras de esporte ao longo de toda a extensão da praia e uma quantidade enorme de guarda-sóis com espreguiçadeiras, que os primeiros turistas começavam a ocupar.

– Vamos gritar de novo? – disse Rosa Flor.

Estavam tão perto da família que dava pra ver até a cor dos cabelos das crianças, loirinhas e bronzeadas de sol.

– Socorro! Socorro! Precisamos de ajuda, por favor!

Enfim, alguém pareceu ouvi-las... O cachorro?!

Com as orelhas em pé em sinal de alerta, o cãozinho se pôs a latir tanto e tão alto na direção da garrafa que conseguiu chamar a atenção do homem. Encolhidas de medo mas também cheias de esperança, Rosa Flor e Luiza viram o gigante se aproximar – comparado com o tamanho delas, é claro! –, pegar a garrafa pelo gargalo, examiná-la com cara de nojo e, sem perceber o que havia dentro, atirá-la longe, no meio do rio, no "canal", ou seja, na correnteza.

– Cada coisa que aparece no Araguaia! Quanta sujeira!

6 DE OLHOS FECHADOS

UAU, QUE VELOCIDADE ESPANTOSA!

– SOCORRO!!! – gritaram as meninas, assustadíssimas.

Ao voar pelos ares e depois cair na corrente, a garrafa parecia enlouquecida. Dava piparotes para todos os lados, como se suas tripulantes estivessem dentro de um liquidificador. Será que elas iam virar *milk-shake*? O pavor era tão grande que Luiza esqueceu da fome e Rosa Flor apagou da memória a situação de sua perna esquerda, que continuava presa na rolha e doendo cada vez mais. Isso durou alguns instantes, até a garrafa voltar a se equilibrar.

– Ufa, parece que nos safamos desta! – suspirou Luiza, quando conseguiu falar outra vez. Tinha o estômago embrulhado e o coração batia tão forte que quase lhe escapava da boca.

Rosa Flor estava em choque, tão arrasada que nem pôde responder. Com os chacoalhões, tinha ficado de cabeça para baixo, mas com a perna ferida ainda pendurada na rolha. O ferimento latejava. Embora não pudesse ver a extensão dele, algo lhe dizia que aquilo não era uma simples brincadeira.

Luiza se arrastou pelos cantos da garrafa para recuperar os objetos que tinham ido parar longe, por conta do furacão.

– Espera aí, Rosinha. A toalha-almofada voou aqui pra baixo. Deixa eu arrumar de novo sua cama...

Depois de acomodar direitinho a prima, Luiza sentou-se ao lado dela e puseram-se a reavaliar a situação. Tinham perdido uma excelente oportunidade de serem salvas, não havia dúvida. Mas isso não era motivo para depor as armas, desistir de lutar. Estavam vivas; era o mais importante! Para o resto dariam um jeito...

Rosa Flor, embora abalada, acabou concordando. Ainda tinham alguns biscoitos e um tantinho de água em quantidade suficiente para aguentar até alguém aparecer. Enquanto esperavam, o melhor a fazer para passar o tempo era se divertir com o que havia à mão. Com esse propósito, Luiza foi buscar o binóculo e o apontou para o exterior.

A garrafa deslizava pelo rio como se fosse um surfista, com constância e rapidez. Navegava meio de lado, com o gargalo e a rolha acima da superfície da água e a parte inferior do bojo submersa. E o que se via dali de dentro, no "canal" do rio Araguaia, não era nada animador...

– Pedaço de isopor, saco plástico, garrafa pet boiando... – Luiza enumerou. – Lata de cerveja, de refrigerante, uma fralda de bebê se dissolvendo toda... Olha só, Rosinha, que turistas mais porcos! Bem que o tio Jaime avisou. Ele é que estava certo!

– Porcos mesmo! A começar pelo grandalhão que poderia ter nos socorrido e nem reparou na gente... – lembrou Rosa Flor. – O sujeitinho nos confunde com sujeira, só que, em vez de recolher a sujeira, manda tudo de volta ao rio, jogando na correnteza...

A conclusão era triste, mas fez as primas darem risada e se animarem. Juntas, puseram-se a batucar, num corinho ritmado:

– Por-ca-lhão! Por-ca-lhão! Por-ca-lhão! Por-ca-lhão!

A marola provocada por um barco distante fez a garrafa dar uma nova guinada, mas não chegou a causar maiores danos.

– Como o papai fala, o homem é um bicho estranho – Rosa Flor continuou o assunto. – Ele sai da cidade para conviver com a natureza, mas traz para a natureza todas as coisas ruins que a cidade tem: barulho, poluição...

– É mesmo...

A outra conclusão a que as meninas chegaram era mais ou menos óbvia. Pelo acúmulo de lixo e de turistas predadores, elas provavelmente não tinham se afastado demais de Aruanã. Talvez estivessem perto de alguma "currutela", uma das muitas que havia rio abaixo, no caminho para Cocalinho... talvez Bandeirantes? Em que ponto do mapa, exatamente, não sabiam, mas de uma coisa tinham certeza: por enquanto, só estavam vendo águas turvas naquele trecho...

– O que é aquilo? Que coisa mais estranha!

Pelo binóculo, Luiza observava uma formação esquisita na outra margem, ao longe. Parecia uma casa caída na beira d'água; ou melhor: restos de uma casa confundida com a areia.

"E é isso mesmo", ela ouviu uma vozinha dizer. "A erosão está comendo as margens frágeis do Araguaia. A cada ano que passa, o rio fica mais largo e mais raso. Tudo por culpa do desmatamento, da retirada da vegetação. Aquela casa desabou..."

Mas... quem é que estava falando?

No início, pensou que fosse Rosa Flor. Ela sabia um monte de coisas sobre o Araguaia, de tanto que ouvira o pai falar no assunto a vida inteira. Mas a prima não estava olhando pela lente do binóculo, nem tinha prestado atenção à sua observação. Deitada na toalha-almofada, toda encolhida e quietinha, Rosa Flor parecia sonolenta, como num torpor. Luiza, por sua vez, começou a sentir o mesmo: desânimo, moleza, cansaço, letargia, um peso na cabeça... Uma vontade doida de dormir, dormir o tempo todo...

Abriu e fechou os olhos várias vezes, observando dentro e ao redor de si. Então aconteceu uma coisa estranhíssima: parecia que, com os olhos fechados, Luiza via tudo com mais clareza! Talvez fosse por causa da vozinha que lhe contava as coisas...

Sabia, por exemplo, que a garrafa navegava em direção às águas claras do rio Araguaia, conduzindo a prima e ela em total segurança. Estavam no rumo certo, disso podia ter certeza! Tanto que ela até ouvia o ruído dos motores de popa usados pelos velhos pescadores, que ainda se deslocavam em canoas de alumínio, como antigamente. Os "fusquinhas" do Araguaia não tinham acabado, não!

Via os animais ilhados nos torrões, as terras altas do lugar, na época da enchente: pacas, tatus, onças, capivaras e até cobras, todos quietos e pacíficos, com medo das formigas lava-pés. Esse espetáculo inédito de boa convivência entre espécies diferentes é que no passado tinha sido lembrado pelo escritor goiano Carmo Bernardes como a nossa Arca de Noé.

Luiza podia vê-lo também, o escritor Carmo Bernardes, no alto de seus oitenta anos, os olhos azuis, os cabelos brancos. Num tempo em que ainda não se falava em preservar o meio ambiente, ele já clamava contra o desmatamento nas margens e a depredação da fauna para fins comerciais – como os ovos de tartaruga, cobiçados pela indústria de cosméticos. E via o escritor-caboclo, um apaixonado pelo rio, acampando com a família em um lugar bem isolado, a Barra do Rio do Coco, ao norte da Ilha do Bananal, onde a pescaria era mais farta e o sossego maior.

Via árvores centenárias, com bandos de garças pousadas nos galhos. Covas com duzentos ovos de tartaruga chocando na areia. Via uma fartura de peixes – matrinxã, tucunaré, piratinga, pintado, piau, filhote, pirarucu com dois metros de comprimento – chegando perto, cada vez mais perto da garrafa de vinho branco em que ela navegava com sua prima Rosa Flor...

– Às vezes, Rosinha, a gente tem que fechar os olhos pra ver melhor – disse Luiza, enigmaticamente.

– Ver no escuro? Como assim? Não é o contrário? Abrir os olhos pra enxergar direito? – questionou Rosa Flor, tão fraquinha que mal se mexia no seu canto.

– Nem sempre – respondeu a prima, com ênfase. – Lembra do final da história da Alice? Quando a irmã fecha os olhos e vê que era tudo verdade o que aconteceu no País das Maravilhas?

Rosa Flor lembrava perfeitamente. Luiza decidiu pelas duas:

– Então vamos acreditar!

7
O CARDUME

TUDO COMEÇOU COM UM CHEIRO de diesel invadindo a garrafa, subitamente. No início, bem leve; depois, foi ficando enjoativo e mais penetrante. Como aquele cheiro tinha chegado ali? Não era possível entender...

As meninas despertaram com um pulo, deixando para trás a sonolência e os devaneios.

– Esse cheiro só pode ter entrado pelo cantinho da rolha – observou Rosa Flor. – Esqueceu que nós não estamos sem ar aqui dentro? Este furinho aqui, ó! – ela disse e apontou a microabertura que permitia às duas meninas respirar livremente.

– Isso mesmo... – concordou Luiza. – Mas se estamos sentindo cheiro de diesel é sinal de que há ônibus por perto... Muitos ônibus!

Não demorou para as primas concluírem que Luiza tinha acertado na mosca. Dali a pouco, ouviram o som de buzinas de ônibus. E eram muitas buzinas de ônibus, realmente!

– São pescadores chegando atrás de um cardume! – Rosa Flor matou a charada primeiro. – Pescadores amadores do Brasil inteiro. É só correr a notícia de que há cardumes subindo o rio e os caras brotam de todo canto... – explicou a menina, recordando o que Jaime dizia sobre esse extraordinário acontecimento.

Depois de meses parados nas lagoas, os peixes voltam a navegar no leito do Araguaia. Isso acontece quando o nível das águas baixa e as lagoas ficam rasas ou secas. O que se vê, então, são milhares de matrinxãs, pintados, caranhas e outros peixes, nadando rio acima para desovar em lugares ricos em nutrientes. Formam cardumes imensos, que sobem a corrente por vários dias, formando filas que chegam a três ou quatro quilômetros de comprimento.

– E como é que os pescadores ficam sabendo?

Luiza não desgrudava o binóculo da margem direita, aonde o pessoal dos ônibus chegaria a qualquer momento. Ao menos era isso o que captava a sua antena... Não tinha dito nada a Rosa Flor, mas a chegada dos pescadores a enchia de esperança novamente. Ter gente por perto aumentava as chances de socorro. Isso se elas fossem reconhecidas como seres de carne e osso dentro da garrafa de vinho, naturalmente...

– Pelos olheiros que ficam na beira do rio – contou Rosa Flor. – Gente que se põe de prontidão, olhando. Quando os cardumes surgem, os olheiros dão o sinal, e os caras do Rio, de São Paulo, de Goiânia, de Brasília, se aprontam para vir.

– Eu pensei que fosse proibido pegar tamanha quantidade de peixes – comentou Luiza, enquanto ouvia um ruído violento.

– E é. Cada pescador só está autorizado a levar pra casa cinco quilos mais um peixe. E ninguém pode chegar a menos de quinhentos metros de um cardume, pra não acabar com ele. Bem, isso é o que diz a lei. Pensa que todo mundo obedece? O que acontece é que...

Rosa Flor não chegou a concluir a frase, pois a garrafa, de repente, foi virada e revirada trilhões de vezes, como se estivesse sendo triturada pelo estouro de uma boiada, à mercê de um terremoto ou um maremoto ou um *tsunami*... Chegava a ser um milagre que o frágil objeto de vidro não se espatifasse no meio do turbilhão de peixes e de canoas que invadiu o Araguaia, fazendo um estrondo. O cardume de matrinxãs, uma das espécies mais nobres do rio, agitava as águas de uma margem à outra, num alvoroço de assustar até os mais experientes. Se alguém fosse contabilizar o número de participantes, contaria centenas de canoeiros, todos eles pescando furiosamente, como se os peixes brotassem do chão.

– SOCORRO! SOCORRO!

Além de tudo, havia um problema extra: a garrafa navegava em sentido contrário ao dos homens e dos peixes. Enquanto eles subiam a correnteza, Luiza e Rosa Flor desciam... isso é, tentavam desesperadamente se manter lúcidas e respirando dentro daquele espaço exíguo, jogadas, amassadas, liquidificadas e processadas em todos os sentidos. Uma verdadeira hecatombe...

– Ai, ai, ai, minha perna, SOCORRO! Não estou aguentando de dor! – berrou Rosa Flor.

– E eu de medo! SOCORRO! – gritou Luiza, confessando a si mesma que a estratégia de repetir muitas vezes "não vou ter medo", "não vou ter medo", "não vou ter medo", que ela costumava utilizar em situações de emergência, daquela vez não funcionou.

Epa, mais esta agora... O que era aquilo?

No meio do caos, as meninas avistaram uma patrulha de botos, que acompanhava o cardume como se fosse uma escolta policial. Comparadas a eles, as duas não passavam de formiguinhas à mercê das patas gigantescas de elefantes. Por sorte, os mamíferos não pareciam interessados na garrafa, e sim nos peixes. Em intervalos ritmados, arremetiam sobre a massa compacta de matrinxãs e estraçalhavam quantas houvesse pela frente.

Até que, uma hora, a coisa sossegou...

As matrinxãs e seus perseguidores continuaram a subida do rio, na mesma peleja desvairada e turbulenta, e o barquinho-garrafa prosseguiu seu caminho rio abaixo, levado pela correnteza.

A calmaria foi encontrar as meninas mudas e trêmulas. Rosa Flor estava tão decepcionada e triste quanto a prima, imersa no mesmo pensamento: nenhum pescador havia notado a presença delas. Ninguém tinha parado para socorrê-las... Rosa Flor começou a chorar baixinho. Sua perna estava visivelmente inchada acima do joelho, o que não era um bom indício de como se encontraria a parte inferior, presa na rolha.

As duas sentiam fome, sede e sono. Naquela altura, não estavam mais preocupadas em guardar os biscoitos e a água para outro dia. Sem ter uma ideia melhor para confortar a prima e a si mesma, Luiza arrastou-se até a mochila, trouxe os biscoitos e a garrafa pet com a água restante, repartiu tudo entre as duas e, encolhidas no túnel formado pelo gargalo da garrafa, mergulharam num sono agitado e atormentado por pesadelos.

8
MAR INTERIOR

SEM MAIS NEM MENOS, DOIS BOTOS desgarrados do bando voltavam, descendo o rio. Vinham dançando um balé gracioso, mas pareciam famintos e decididos a buscar alimento. Luiza e Rosa Flor, sabendo que cada um deles comia trinta quilos de peixe por dia, ficaram assustadas. Se uns gigantes como aqueles resolvessem confundir a garrafa com comida, estavam fritas.

Pois uma coisa é se encantar com os botos quando se está do tamanho normal e os vê à distância, da varanda de uma pousada em Aruanã, por exemplo. Outra bem diferente é dar de cara com eles no seu hábitat, o rio, depois de ter encolhido até ficar minúscula como a filha da Barbie, ou a neta da Barbie, e estar a bordo de um veículo frágil e transparente como uma garrafa de vinho vazia. Foi o que Luiza sentiu na pele naquele momento.

– Virgem! Eles nos viram, Rosinha! Vêm vindo para cá!

– Nem brinca, Luiza. Você está louca?

As meninas sabiam que os botos andavam cada vez mais atrevidos no Araguaia, principalmente na época da seca, quando a alimentação escasseia. Sem ter predadores naturais, e protegidos pelos órgãos de políticas ambientais, eles estavam proliferando tanto, que agora havia uma superpopulação de botos no rio.

– NÃO ESTOU BRINCANDO!

E não estava mesmo. Que susto! Não é que os dois imensos mamíferos, "primos" dos golfinhos, confundiram a garrafa não com um peixe, mas com um brinquedo de criança? Talvez pensassem que fosse um berço com duas bonecas dentro – dizem que os botos e golfinhos são quase humanos –, pois, sem tocar na garrafa, passaram a acompanhá-la alegremente, nadando ao redor dela como se tomassem para si o papel de sentinelas das garotas.

E o barquinho-garrafa continuava deslizando rumo ao Norte do Brasil e à foz do rio Araguaia, agora livremente...

Depois de pouco tempo, Luiza e Rosa Flor perderam o medo e passaram a admirar através do vidro as silhuetas cinzentas, de cabeça grande, corpo afilado e bico dentado, cada qual com duas grandes nadadeiras dianteiras e uma cauda finalizada por uma nadadeira longa e horizontal, que lhes dava uma mobilidade surpreendente.

De que tamanho seriam? Dada a situação de miniaturas em que elas se encontravam, era difícil calcular. Se um boto bebê nasce com sete quilos e um boto adulto chega a pesar 100 ou 150, como avaliar o peso deles dali de dentro? Só dava para perceber que elas eram muito, mas muito menores do que eles.

– É verdade que os botos têm uma espécie de sonar no alto da cabeça? – perguntou Luiza. – Desses que os navios usam para se localizar no mar?

– Dizem que sim, e dos mais sofisticados. É por isso que eles sabem o lugar exato onde estão os cardumes. São craques em navegação – respondeu Rosa Flor.

Ouvindo aquilo, Luiza só podia chegar a uma conclusão:

– Eles sabem pra onde estão nos levando, então!

As águas do rio Araguaia eram muito claras naquela região. Será que era isso que os botos queriam mostrar às garotas?

"Esta tarde vamos chegar a um lugar lindo! Podemos nadar, jantar e dormir por lá!", havia prometido Jaime, pouco antes.

"Quero que conheçam o verdadeiro Araguaia", dissera ele, justificando a saída atabalhoada de Aruanã.

As palavras vieram à memória de Luiza, mas ela preferiu não tocar no assunto para não entristecer a prima. Talvez fosse melhor inventar alguma brincadeira para elas rirem um pouco.

– Fica ligada, Rosinha. Logo mais os botos vão virar dois garotos lindos e tentar conquistar a gente – provocou.

– Cada ideia, Luiza! – Rosa Flor deu uma risada gostosa, felizmente. – Isso é lenda!

– Toda lenda tem um fundo de verdade... E se acontecer conosco aquilo que todos contam? Que em noite de lua cheia o boto toma a forma de um rapaz bonito e aparece na beira do rio, de terno branco e chapéu na cabeça, para dançar com as moças?

– Se for verdade, eu aceito! Com a condição de ele soltar minha perna da rolha... – riu Rosa Flor, realista como sempre. – Com a força que os botos têm, isso não seria um problema...

– Ah, é?! Daí você se apaixona! É o que acontece com todas!

Luiza tentou levar o papo para o lado da piada, mas o clima na garrafa não estava para brincadeiras. O assunto sobre a lenda do boto, conhecida no folclore brasileiro, não foi adiante. A perna ferida de Rosa Flor a preocupava, mas o que ela podia fazer? Não mais do que vinha fazendo... isto é, nada, ou quase nada. Apenas manter-se, junto com a prima, tranquila e vigilante.

Luiza usou o binóculo para ter uma visão panorâmica do rio. Que visual deslumbrante! Na margem mais distante havia árvores lindíssimas, entrelaçadas por cipós e liames. Centenas de garças e jaburus pousavam em seus galhos. Na margem mais próxima, sucediam-se praias de areias macias e cantantes. Era na parte alta dessas praias, junto da mata, que as tartarugas enterravam seus ovos no mês de setembro, antes da cheia.

– Para onde é que os botos foram? – indagou Rosa Flor, pois do ângulo em que estava não podia vê-los.

– Olha os dois ali! – a prima mostrou que os amigos-peixes não tinham desistido de segui-las. – Continuam conosco, não é?

Um bando alegre de gaivotas passou voando rente à água. Costumavam andar aos pares, macho e fêmea, os casaizinhos sempre juntos e aconchegados. "Gaivota é uma ave que só dois rios do mundo têm: o Ganges, na Índia, e o Araguaia", Luiza lembrou de ter ouvido um dia o tio Jaime contar.

Rosa Flor devia estar pensando no mesmo assunto, pois dali a pouco esticou a cabecinha para fora do seu "travesseiro" feito com as toalhas de banho e completou:

– Gaivota é um pássaro marinho, só dá em água salgada. Por isso tem gente que diz que o Araguaia já foi mar. Um mar interno, milhares de anos atrás, claro.

– É mesmo?! Essa eu nunca tinha ouvido antes.

Rosinha explicou que havia várias evidências para reforçar essa hipótese.

– O Araguaia tem peixes típicos de oceano, como curvina, cavalinha e linguado, por exemplo. Aruanã fica quase no nível do mar, mesmo estando longe dele mais de dois mil quilômetros. E as águas do rio são meio salgadas, sabia? Tudo o que cai nelas, mais dia, menos dia, acaba enferrujando.

– Vai ver que é por isso que estou enferrujada também! – Luiza riu e começou a dar cambalhotas na garrafa, pois o espaço exíguo estava lhe provocando cãimbras. – Rosinha, você é o maior almanaque do Araguaia! Que sorte estarmos juntas aqui dentro!

O sol começava a baixar. Ia anoitecer novamente. Um longo silêncio se instalou entre as meninas. Não só porque o espetáculo do pôr do sol era lindo e valia a pena admirar a cena, como pelo desânimo que vinha chegando. Era a segunda noite que elas passariam dentro da garrafa, à mercê da correnteza, sem saber o que aconteceria depois.

Agora, pelo menos, elas sabiam: a noite ia ser longa. Com o estômago vazio, que pessoa consegue dormir bem? Luiza e Rosa Flor sentiam tanta fome que até um peixe vivo seriam capazes de comer. Se algum peixe estivesse ao alcance, bem entendido; mas não havia a menor possibilidade de isso acontecer.

– E se a gente mastigar um pedacinho da rolha? – propôs Rosa Flor. – Finge que é chiclete e assim engana o estômago...

Luiza concordou. Com os dedinhos minúsculos, as duas se puseram a cutucar o lado da rolha oposto àquele em que a perna de Rosa Flor estava presa. Demorou uma eternidade, até que começaram a sair umas lasquinhas de cortiça tão pequenas que mais pareciam uma porção de poeira. Mas, para elas, o petisco teve o sabor de uma deliciosa farofa de castanhas. Com a vantagem de ser uma farofa úmida, molhada pela água do Araguaia – que, pelo lado externo da garrafa, castigava a rolha o tempo todo.

Assim, Rosa Flor e Luiza puderam matar também parte da sede que sentiam, que lhes travava o peito e deixava a garganta seca.

9 BANCOS DE AREIA

NO MEIO DA NOITE, LUIZA ACORDOU assustada, ouvindo Rosa Flor chorar. A lua já ia alta no céu. Os botos não estavam mais por perto. O choro da prima mais o abandono dos botos trouxe-lhes um sentimento horrível de desamparo. Mas Luiza não podia mostrar fraqueza diante de Rosa Flor, sob o risco de ela ficar ainda pior. O jeito foi reagir e dizer, em tom de brincadeira:

– Rosinha, não chore! Não faça isso, pelo amor de Deus! Lembra de quando Alice sentou no chão e derramou rios de lágrimas, até formar em torno dela um lago com um palmo de profundidade, que ia até o meio do salão? Mais tarde, os bichos quase se afogaram no lago. E Alice também!

– Afogada nas próprias lágrimas, é verdade... – lembrou Rosa Flor, tentando rir entre um soluço e outro.

– Pois é... Já pensou se acontecesse o mesmo com a gente? Pra onde iríamos fugir? Não tem espaço pra nadar aqui dentro...

– Sem falar que iríamos ficar ensopadas...

– E não teríamos como nos secar. A não ser que fizéssemos uma corrida maluca na garrafa.

– Correr de que jeito, se a minha perna está presa?

– Agora você chegou no ponto – concluiu Luiza, voltando a recostar a cabeça ao lado da cabeça da prima, no almofadão feito com as toalhas de banho. – Respira fundo e para de chorar, então. Amanhã é outro dia e vai aparecer alguma solução, eu garanto!

No resto da noite, as duas fingiram que dormiram, uma tentando poupar a outra. Entre cochilos rápidos, entrecortados por sustos e pesadelos, sentiam o balanço suave da garrafa nas águas claras do Araguaia, correndo veloz e caudaloso. Onde estariam? Em que ponto entre Aruanã e Luis Alves, exatamente? Será que já tinham passado por Luis Alves? Nesse caso, havia um problema...

– E se a gente bater de frente na Ilha do Bananal? A garrafa corre o risco de se espatifar contra o barranco... – murmurou Rosa Flor, meio acordada, meio sonhando.

Luiza estava justamente pensando nessa perigosa hipótese. Pois o rio, na sua longa jornada de mais de dois mil quilômetros – desde a nascente, na cidade goiana de Mineiros, até desaguar no rio Tocantins, na região do Bico do Papagaio –, num dado momento se divide em dois e forma a maior ilha fluvial do mundo, a Ilha do Bananal, com vinte mil quilômetros quadrados.

Mas onde? Em que altura do mapa? Isso nenhuma das duas recordava. Só sabiam que era além de Luis Alves...

– Mas, Rosinha... se o Araguaia se divide em dois, a garrafa não poderia seguir por um dos dois braços? – Luiza indagou sonada, sem muita certeza daquela possibilidade.

– É, talvez sim... Agora estou lembrando. O braço maior é o da esquerda, chamado Araguaia mesmo. O menor, o da direita, é o rio Javaés.

– Ufa! Então, bater no barranco nós não vamos... Um perigo a menos, graças a Deus.

O novo dia estava surgindo no horizonte, esplêndido como poucos, trazendo uma sinfonia de pássaros, ruídos e cores. Foi uma alegria para as meninas ver os botos acompanhando-as novamente. Os amigos-peixes, seus guias do Araguaia, não tinham ido embora! Continuavam no papel de guardiões, cada um de um lado da garrafa, fazendo piruetas e protegendo-as. Quem ia ousar se aproximar delas com más intenções, tendo de enfrentar aqueles respeitáveis seguranças?

– É bom sinal os botos terem voltado! – disse Luiza, animada. – Algo me diz que hoje vamos ter novidades! Boas novas!

Rosa Flor parecia mais abatida que na véspera. Deitada e quietinha, mal tinha ânimo para abrir os olhos. E, apesar do esforço que fazia, a prima tampouco conseguia alegrá-la.

– Veja, estamos atravessando um trecho cheio de bancos de areia – reparou Luiza, observando pelo binóculo a paisagem ao redor da garrafa.

Como se fosse um pontilhado de ilhas, praias de areia branca e fina surgiam no meio das águas, umas pequeninas e outras tão grandes que havia até acampamentos montados nelas. Luiza percebeu que os botos buscavam a parte funda do rio, evitando encalhar – a eles e à garrafa. Todo cuidado era pouco, pois onde havia homens e seus pertences de férias era provável haver sujeira. Restos dos acampamentos...

E lá vinham eles boiando: latinhas de cerveja, de refrigerante, sacos plásticos, pedaços de madeira, de isopor... Epa, o que era aquilo? Luiza pressentiu algo gravíssimo pela frente...

Uma grelha de churrasqueira, toda enferrujada, que sobrara talvez de temporadas anteriores, sobressaía na ponta discreta e estreita de um banco de areia. Não deu para evitar o choque... Bem que os botos tentaram impedir, mas a correnteza foi mais rápida do que eles. E, subitamente, sem mais nem menos...

– CUI-DAAA-DO!... POR AÍ NÃÃÃOOO!... – berrou Luiza, tão descontrolada, que nem lembrou que a garrafa não tinha leme nem piloto para obedecê-la.

O estrondo nem chegou a ser grande, mas os estragos... Melhor seria não lembrar! Lançado sobre os despojos da grelha, o frágil objeto de vidro, que já tinha resistido às mãos insensíveis de um turista grandalhão, à queda na correnteza e a um cardume monumental de matrinxãs, desta vez não aguentou. Em contato com as pontas enferrujadas da grelha, partiu-se em mil pedaços, lançando os cacos e suas duas ocupantes sobre o banco de areia.

– SOCORRO! S.O.S.! SOCORRO! – gritavam as meninas em desespero, vendo seu casulo protetor desfazer-se em partículas de todos os tamanhos, sem nenhuma lógica nem controle.

Por sorte, a areia macia amorteceu o choque. A aterrissagem foi traumática, mas sem consequências graves. Luiza logo se pôs de pé, enjoada e tonta. Os braços estavam arranhados e sangrando. Felizmente, não eram cortes profundos, como verificou em seguida ao limpá-los com as mãos. Teve o cuidado de se afastar dos cacos de vidro para evitar novos ferimentos e correu para ver a prima, que tinha sido lançada um pouco mais à frente.

Rosa Flor gemia alto, dividida entre o medo, o susto e a dor. A única parte da garrafa que não havia quebrado era justamente o gargalo. Por isso, apesar de estar com a cabeça e o corpo livres, ela continuava imobilizada pela perna esquerda, presa na rolha.

– Espera, Rosinha, deixa eu tirar os caquinhos de vidro de perto de você. Assim posso puxar você pelos braços. Isso, vamos...

Depois de uma limpeza cuidadosa da área, Luiza arrastou a prima para o centro do banco de areia. Era um dos menores do rio. Tão pequeno que não havia nada nem ninguém sobre ele. "Agora somos naúfragas de verdade, não mais náufragas pelo avesso", refletiu Luiza, reparando que a margem mais próxima ficava a uma distância grande. Pelo menos para quem, como elas, não possuía uma canoa...

Mas poder gritar a plenos pulmões já era uma coisa boa.

– SOCORRO! S.O.S.! SOCORRO! ALGUÉM NOS AJUDE, POR FAVOR!

O pedido de auxílio das duas garotas ecoou pelas praias e pela floresta por muito tempo. Até os animais se comoveram.

Sentada na areia ao lado da prima, Luiza estranhou que, mesmo fora da garrafa, elas continuassem pequenas. Mas em seguida respirou profundamente o ar puro do Araguaia e sentiu um incrível bem-estar. Ao menos não estavam mais aprisionadas. Enquanto esperavam pelo socorro – pois ele chegaria, disso ela tinha absoluta certeza – poderiam se aproximar das águas claras e matar a sede.

10
DE OLHOS ABERTOS

MAS APROXIMAR-SE DA ÁGUA COMO, se estavam sangrando? E se ali tivesse piranha? Na queda, Rosa Flor também havia arranhado o rosto, os braços e as mãos. E as peças dos biquínis não podiam mais ser usadas para limpeza, pois estavam impregnadas da poeira do vidro partido da garrafa.

– Estou com medo – confessou Rosa Flor.

– Eu também, mas não tem jeito – disse Luiza, chegando bem perto da margem. – Se não bebermos, vamos morrer de sede.

Além disso, Luiza tinha observado que a correnteza era forte naquele trecho. Piranha era peixe de água parada, de lagoa.

– Nem sempre – ponderou Rosa Flor, como se tivesse lido seus pensamentos. – Às vezes, os cardumes de piranhas atacam na correnteza...

A advertência acabou ficando em segundo plano perto da necessidade básica de sobrevivência: água! Água para beber!

– Vou arrumar uma maneira – decidiu Luiza consigo mesma.

Voltou aos despojos da garrafa-barquinho e resgatou, com cuidado, seus pertences. Entre eles a garrafinha pet vazia. Depois, levou-a até o rio e colocou-a na beira d'água, o mais próximo possível de seus pés, calçados com tênis. Afundou a garrafa, virada de lado, até enchê-la completamente.

Deu certo. Nenhum peixe a atacou.

– Conseguimos! Conseguimos! Veja só, Rosinha, temos água pra beber! – Eufórica, Luiza pulava e gritava, despejando goles do líquido precioso na boca da prima e na sua, alternadamente.

Num instante a minigarrafa ficou vazia. Ela tornou a enchê-la duas vezes. Na terceira, usou a água para limpar os cortes e lavar o rosto de ambas. "Eu queria tanto nadar na água doce, sem cloro de piscina" pensou Luiza, sabendo que resistiria ao desejo.

A vontade de se refrescar era grande, mas a ousadia poderia pôr tudo a perder. Não podia deixar Rosa Flor sozinha. Se entrasse no rio e algo de ruim lhe acontecesse, a prima não teria chance de sobreviver. Cabia a ela, Luiza, pensar e agir por Rosinha e por si mesma. O jeito era gritar, berrar, pôr a boca no trombone. Até que alguém ouvisse. Nem que fosse preciso esperar dias e dias, quantos fossem...

– SOCORRO! PRECISAMOS DE AJUDA! TEM UMA PESSOA FERIDA AQUI! POR FAVOR, AJUDEM!!!

Ouviu-se um eco na mata, como se o pedido se repetisse inúmeras vezes. Ou foram elas mesmas que gritaram até perder o fôlego? Não saberiam dizer...

Exaustas e roucas, as duas por fim caíram deitadas na areia. Com as toalhas, fizeram uma espécie de turbante para proteger a cabeça do sol forte do verão goiano. Sentiam-se esgotadas pela fome, pelo calor e pelos mosquitos, que começaram a atacar assim que elas aterrissaram no banco de areia.

– Minha perna, além de doer, está coçando – reclamou Rosa Flor, arrastando-se para a prima poder ver.

– Isso é picada de mosquito. Eu também estou cheinha de brotoejas – Luiza mostrou seus braços e pernas para Rosa Flor.

Ficaram em silêncio um bom tempo, perdidas em seus pensamentos. Até que Rosa Flor tomou coragem e formulou a pergunta que há quase dois dias não lhe saía da cabeça:

– Luiza... Será que nós vamos morrer aqui... deste jeito?...

A garota magrinha e alta, de cabelos lisos e longos, que todos diziam "viver nas nuvens" porque desde pequena gostava de viajar por dentro das coisas, suspirou fundo, buscando no seu repertório algo convincente para rebater aquela hipótese medonha.

Até que encontrou.

Do fundo do baú, foi tirar uma coisa guardada ali não sabia como, lembrança talvez de umas aulas de ioga às quais ia de vez em quando com sua mãe. Uma espécie de mantra, de meditação, de encantamento, talvez oração...

– Rosinha, vamos sentar nós duas com a coluna ereta, a respiração serena e a mente tranquila... Isso, feche os olhos agora. Eu também fechei os meus. Sinta a paz chegando a todo seu ser. Agora, vá até o centro do seu coração...

E com a voz cadenciada e firme, devagarinho, respirando sempre, Luiza foi trazendo imagens poderosas, curativas, cheias de luz, de fé e de consolo...

"No centro do seu coração há uma flor de lótus", disse. "Olhe para ela. Suas pétalas brancas estão abertas. Ela saiu do lodo para a superfície e agora desabrocha, mostrando toda sua força e beleza. Entre dentro dela... Muito bem, eu também entrei."

Logo as duas começaram a flutuar num ritmo suave, imersas na figura inspiradora das pétalas brancas que emergiam do lodo. Uma brisa soprou, fresquinha. Luiza continuou:

"No centro da flor de lótus há um altar. Vá até ele... Junto dele há um mestre muito sábio sentado numa cadeira. Aproxime-se... Converse com ele... Eu estou fazendo o mesmo... Diante da presença sagrada do mestre todo seu ser fica sereno, sua mente se acalma e sua respiração se tranquiliza. Isso... Eu também estou sentindo a presença dele."

Rosinha estava tão concentrada que chegava a escutar a respiração do sábio. Luiza prosseguiu com a narração:

"Agora, peça ao mestre para tocar o alto da sua cabeça. Uma luz prateada jorra das mãos dele para todo seu corpo. Sinta a luz chegando aos seus olhos, abrindo a sua visão... Isso mesmo, eu também estou vendo melhor agora... Vejo uma luz intensa nos banhando..."

Um ruído estranho vinha de algum ponto da floresta, além do barranco, e parecia estar se aproximando do banco de areia.

"Agora", continuou Luiza, "sinta as mãos do mestre tocando a parte do seu corpo que está doente. Sinta as mãos dele tocarem sua perna esquerda... Uma luz branca muito forte irradia das mãos dele para o ferimento e leva embora a dor e o sofrimento. Muito bem, eu estou vendo as mãos do mestre tocarem você."

Rosa Flor sentiu um calor intenso, diferente do que vinha do sol do verão goiano. Era um calor que vinha de dentro, das mãos do sábio, por isso foi com naturalidade que ela ouviu Luiza dizer:

"Esse mestre é você mesma. Aproveite o poder dele."

As palavras da prima ecoaram dentro dela e seu eco foi se confundindo com o ruído que vinha da floresta e chegava cada vez mais perto do banco de areia... Perto delas, muito perto... E era um barulho de... vozes? Água em movimento? Uma canoa descendo o rio? Pescadores? UM MOTOR DE POPA?

O barulho do motor de popa cessou de forma abrupta. E aos poucos as vozes se sobrepuseram ao eco e foram ficando claras e audíveis, perfeitamente compreensíveis, em bom português:

– Ave Maria, Baruim. Óia só isso! Um carro caído no barranco!

E o outro respondeu:

– Que desgraceira é essa, hôme? É capaz de tê gente morta lá dentro... Chegue rapidinho, Quirino! Vamo descê pra vê!

Pelo jeito de falar, eles deviam ser mateiros ou pescadores, moradores da região.

– Não tou dizendo, companheiro? – confirmou o primeiro.

– Eta curva danada! Facilita não, que motorista perde o rumo. Toda semana tem acidente nesse canto...

Não levou mais de alguns minutos para os homens largarem a canoa na praia e alcançarem a clareira que o carro abrira ao cair da estrada, cerca de três metros acima. Agora jazia ali capotado, meio encoberto pela vegetação.

Carro? Difícil acreditar que a carcaça disforme tenha sido um veículo de passeio havia tão pouco tempo...

Ruído de passos, um facão cortando o mato, duas vozes masculinas aflitas, e os homens surgindo na frente delas. Luiza encolhida junto aos restos do acidente, segurando firme na mão de sua prima Rosa Flor, presa nas ferragens pela perna esquerda...

– Óia, tem duas crianças aqui! – gritou Baruim.

– E vivas, vivinhas! Benza Deus! – Quirino fez o sinal da cruz.

– Cadê os pais de vocês?

Era a pergunta que as meninas mais temiam. Nem precisava de resposta. Bastava lembrar do silêncio quando haviam chamado por eles, olhar o rastro de destruição, as peças do carro espalhadas por todo lado, para entender que Jaime e Ceiça não haviam resistido...

Rosa Flor e Luiza não conseguiam nem chorar. Estavam em estado de choque, apopléticas.

E foi graças ao telefone celular, modernidade que já existia naqueles ermos do interior de Goiás, que Quirino e Baruim puderam acionar os bombeiros na localidade mais próxima. Junto com eles vieram médicos, enfermeiros, equipamento para erguer o automóvel e vários homens para auxiliar na retirada dos corpos do casal e no resgate de Rosa Flor, que levou mais de três horas.

Foi preciso rastejar para chegar até onde ela estava – uma espécie de funil entre os ferros retorcidos. Depois a equipe de resgate teve que cortar a lataria do carro com maçarico para poder libertar Rosa Flor. Sua perna esquerda fora esmagada abaixo do joelho, estava com risco de gangrenar. Ela e Luiza receberam soro e alimentação durante o resgate, e só então Luiza soube que sua clavícula havia quebrado e que tinha escoriações por todo o corpo.

– Rosinha, olha só o que aconteceu com a gente!

Enquanto estavam na ambulância que as levaria a Goiânia, Luiza chamou a atenção da prima para um fato surpreendente: sem engolir nenhum cogumelo nem bolinho mágico, as duas haviam recuperado o tamanho normal, exatamente o mesmo que possuíam antes do acidente...

Luiza e Rosa Flor tinham voltado a ser elas mesmas, com a altura e o peso condizentes com as idades de onze e treze anos.

11
IMAGINAR PARA VIVER

"DUAS MENINAS SÃO RESGATADAS com vida quarenta e cinco horas depois de grave acidente de carro em que os pais morreram", anunciavam as manchetes do noticiário da tevê naquela noite.

"Garota de onze anos salva vida da prima de treze, presa entre as ferragens de carro acidentado. Como? Inventando histórias para entretê-la", destacava outra emissora.

"Duas crianças resistem quarenta e cinco horas nos escombros de acidente de automóvel graças à imaginação", era a notícia principal de um importante telejornal.

"Imaginação é responsável pela sobrevivência de meninas que sofreram grave acidente" – anunciava a enviada especial ao local, falando diretamente de Aruanã.

"Veja a cobertura completa logo mais, à noite", prometia a emissora de maior audiência.

Durante todo o dia *flashes* como esses aguçaram o interesse dos telespectadores. Até que a matéria completa abriu o telejornal do horário nobre, assistido por milhares de brasileiros.

– Boa noite – disse o repórter, simpático como sempre.

Então leu:

"Duas meninas, de onze e treze anos, vítimas de um grave acidente de carro ocorrido na noite de anteontem, foram resgatadas com vida esta tarde, na localidade de Bandeirantes, em Goiás, após esperar por socorro durante quarenta e cinco horas. Elas foram encontradas por dois ribeirinhos, sozinhas na mata, junto aos corpos dos pais de uma delas, que morreram no acidente."

Imagens do rio Araguaia e do resgate das garotas ocupavam a tela da tevê enquanto o jornalista falava. Ele explicou, agora com mais detalhes:

"As primas Rosa Flor e Luiza faziam uma viagem de férias em companhia dos pais de Rosa Flor, Jaime e Ceiça, pela região do rio Araguaia. Na noite de anteontem, trafegavam por uma estrada de terra em mau estado quando Jaime perdeu o controle da direção ao fazer uma curva. O carro caiu num barranco à beira da pista, onde capotou várias vezes. Jaime e a esposa morreram na hora. As duas meninas se salvaram graças à coragem de Luiza, que cuidou da prima, presa nos escombros pela perna esquerda, e distraiu-a com histórias até a chegada de socorro."

Na frente do hospital onde Rosa Flor continuava internada, a enviada especial anunciou que a menina se recuperava bem e teria alta em poucos dias. Em seguida, após descrever o local do acidente como "isolado e sem recursos", apresentou Luiza numa entrevista exclusiva, chamando-a de "nossa pequena heroína do Araguaia". Assustada com o assédio inesperado da imprensa, Luiza conversou com a repórter abraçada à sua mãe.

– Luiza, você sentiu medo depois que o carro caiu?

– Não, porque repeti três vezes pra mim mesma: "Não vou ter medo", "Não vou ter medo", "Não vou ter medo"... Eu sabia que precisava descobrir um jeito de sair dali com Rosa Flor.

– Além de gritar por socorro, o que mais você fez?

"Criei um espaço mágico só pra nós duas, igual a Sara Crewe, de *A pequena princesa*", teve vontade de responder. Mas achou melhor, diante das câmeras, dizer algo que todos entendessem.

– Andei por perto, procurando ajuda, e subi o barranco até a estrada várias vezes. Ninguém passava por ali – contou. – Depois tentei ir pelo outro lado, pela mata, mas não cheguei muito longe. Não podia me afastar pra não deixar Rosa Flor sozinha.

– Você sabia onde estava?

– Mais ou menos. Achava que o Araguaia estava perto, e que se eu chegasse lá encontraria gente, canoas, talvez um acampamento... Certa hora, pensei que tinha chegado ao rio. Mas onde imaginei que fosse o rio era, na verdade, uma lagoa.

– Se era uma lagoa, havia risco de ter piranhas, é isso?

– Isso, por esse motivo não entrei. Mas consegui pegar um pouco d'água numa garrafinha. Minha prima e eu bebemos.

– E fome, vocês passaram? O que vocês comeram?

– Só comemos bolachas que estavam na mochila. Sentimos fome o tempo todo.

– Não havia algum alimento que você pudesse colher? Frutas nas árvores, por exemplo...

– Eu não conhecia aquelas plantas. Podiam ter veneno...

– E medo de animais, você sentiu?

– Muito, principalmente à noite. Mas não demonstrei.

– Sei que contou histórias para distrair sua prima e fazer o tempo passar. Que tipo de histórias?

Luiza ficou confusa. Não queria expor o segredo delas diante de milhares de telespectadores. Gaguejando, desconversou:

– Bem... histórias como... *Alice no País das Maravilhas*, por exemplo... E outras do mesmo gênero...

O cinegrafista deu um *close* do rosto da menina e a repórter finalizou a reportagem, acentuando bem as palavras, em tom dramático.

– Luiza, você e sua prima sabiam que os pais dela haviam morrido no acidente?

Foi a única vez em que a expressão da garota se alterou, denunciando forte emoção. Lágrimas escorreram pelo rostinho delicado enquanto ela balançava afirmativamente a cabeça.

– A gente sabia – confirmou. – Mas fingia que não sabia, não tocava no assunto, pra não deixar tudo mais difícil...

Corte na fala da "pequena heroína do Araguaia".

Na sequência, a jornalista entrevistou Baruim e Quirino, os ribeirinhos que salvaram as crianças. Contaram que as encontraram na beira de um lago, a cerca de quinhentos metros da margem direita do rio. Ouviram os pedidos de socorro quando navegavam de canoa perto de Bandeirantes. Sabiam que as estradas ali eram precárias. Não era segredo para ninguém da região que acidentes de carro eram comuns no lugar. Uma curva fechada, sem sinalização, um barranco de três metros de altura e...

E lá estavam elas, coitadinhas, num estado de dar dó, o carro destruído, os pais mortos, as duas famintas, com sede, com medo, com dor, mas sem perder a cabeça, esperando com fé e confiança a chegada de socorro.

– Disseram "obrigada" quando viram a gente – contou Baruim.

– Era como se soubessem que nóis viria... – explicou Quirino.

– Nunca vi meninas mais valentes... – completou Baruim, com sincera admiração.

Uma psicóloga apareceu em seguida na reportagem, em gravação no estúdio da emissora. Para ela, a força que Luiza e Rosa Flor demonstraram era uma força racional, própria de quem precisa defender sua sobrevivência.

– O mais urgente era ter coragem, racionalizar – explicou no microfone. – Num cenário tão trágico, não havia espaço para a emoção. Depois que a coisa esfriar é que elas vão se dar conta de que perderam os pais, os tios... perceber tudo o que sofreram.

– A ficha ainda não caiu para elas – resumiu a mãe de Luiza diante das câmaras, contando que voou para Aruanã assim que soube do acidente. – Obrigada pela ajuda de todos. Agora, as meninas só precisam ficar em paz com a família e descansar.

– Com quem Rosa Flor vai morar daqui pra frente?

– Conosco, naturalmente – disse a tia, encerrando a questão.

Luiza e ela se despediram do pessoal da tevê e voltaram ao hospital. Tinham deixado Rosa Flor dormindo, dopada por tantos remédios. Outros tios faziam companhia a ela no quarto. As duas entraram devagarinho para não incomodá-la e ficaram surpresas ao encontrá-la acordada, lúcida e consciente.

Luiza se aproximou da cama e segurou a mão da prima.

– E aí, Rosinha, está melhor agora? – perguntou, carinhosa.

Ela fez que sim com a cabeça e sorriu. Ficou uns instantes calada, olhando a tevê ligada, na parede do quarto. Tinha visto a reportagem e assistido à entrevista da prima.

– Quer dizer que não havia nenhuma garrafa de vinho vazia... – ela disse, olhando bem nos olhos de Luiza. – Nem caímos na correnteza, nem estávamos pequenininhas feito a filha da Barbie, ou a neta da Barbie... – Rosa Flor deu risada ao lembrar. – E nem botos nos escoltando...

Luiza, séria, sacudiu os ombros, sem dar o braço a torcer.

– Os botos estavam lá, sim. Foram eles que nos empurraram pra cima do banco de areia. Pra sermos vistas, entendeu?

Diante do silêncio da prima, porém, voltou atrás:

– Talvez não fosse verdade, mas... e daí? Nós fingimos que acreditamos e aí tudo virou verdade, não foi mesmo? É assim que funciona o poder mágico que Sara Crewe, a menina do livro *A pequena princesa*, me ensinou.

Rosa Flor não dizia nada, só olhava o vazio. Lembrava dos pais e sentia um aperto tão grande no peito que achava que o coração ia estourar de dor. Luiza interpretou seu silêncio de outro jeito. Pensou que a prima estivesse brava com ela e se desculpou.

– Me perdoe, Rosinha, por ter feito você acreditar nas minhas histórias malucas. Nunca mais faço isso, prometo!

Para seu espanto, Rosa Flor sorriu entre um rio de lágrimas e respondeu:

– Foram suas histórias que salvaram minha vida, Luiza. Continue inventando outras, ouviu bem?